LA FELICITÀ DEL LUPO

山上的恋人

PAOLO
COGNETTI

［意］保罗·科涅蒂 著

章尹代子 译

人民文学出版社
PEOPLE'S LITERATURE PUBLISHING HOUSE

著作权合同登记号　图字 01-2023-2502

LA FELICITÀ DEL LUPO
Paolo Cognetti

图书在版编目(CIP)数据

山上的恋人 /(意)保罗·科涅蒂著;章尹代子译.
—北京:人民文学出版社,2024
ISBN 978-7-02-018522-1

Ⅰ.①山… Ⅱ.①保… ②章… Ⅲ.①中篇小说-意大利-现代 Ⅳ.①I546.45

中国国家版本馆 CIP 数据核字(2024)第 009972 号

责任编辑　李　娜　杜玉花　欧雪勤
装帧设计　钱　珺

出版发行　人民文学出版社
社　　址　北京市朝内大街 166 号
邮政编码　100705

印　　制　凸版艺彩(东莞)印刷有限公司
经　　销　全国新华书店等

开　　本　889 毫米×1194 毫米　1/32
印　　张　6.875
字　　数　93 千字
版　　次　2024 年 3 月北京第 1 版
印　　次　2024 年 3 月第 1 次印刷

书　　号　978-7-02-018522-1
定　　价　65.00 元

如有印装质量问题,请与本社图书销售中心调换。电话:010-65233595

丰塔纳，2021 年

此书献给芭贝特，山中旅舍的艺术家。

也献给我所有在北极圈的朋友们。

夏日我前往的

树林里轻盈的

幻影。

目录

旅行途中，我逐渐意识到，
人们的渴望和抱负，
同风、孤独的动物，
以及一片片皑皑石头和苔原一样，
也是北极景观的一部分。
同时也意识到，这片土地独立地存在着，
根本无视人们的愿望。

巴里·洛佩兹，《北极梦》

1.
一家小餐厅

福斯托在四十岁的时候远离城市的喧嚣，前往丰塔纳弗雷达，尝试寻找一个可以重新开始的地方。他从小就熟悉那里的山。离开家的原因有很多，最主要的还是现在仍是妻子的女人造成的。同她分居后，福斯托在山上租了一间小屋，度过了九月、十月和十一月。他在山间小径漫步，在树林里捡拾柴火，在火炉前享受晚餐，品尝着自由的美妙，咀嚼着孤独的苦涩。他也写作，至少在努力尝试。秋天，他看到牛羊离开牧场，落叶松的针叶变黄后掉落，直至初雪到来。尽管福斯托最大限度减少开支，到了现在终于还是囊中羞涩。冬天让他的日子更加难过。他让人帮忙在米兰找工作，但这意味着他不得不下山，接上电话线，处理和妻子的那堆烦心事。一天晚上，就在准备妥协时，福斯托在丰塔纳弗雷达唯一的聚会场所喝了一杯红酒，无意间吐露了自己的心声。

柜台后的芭贝特十分理解福斯托，因为她也曾是城里人，至今还保留着城市的口音，身上带着某种优雅，但没有人在乎。一次偶然的机会，她接管了这家餐厅。在丰塔纳弗雷达的淡季时节，这家餐厅的顾客只有泥瓦工和牧场主。

芭贝特称它为“芭贝特餐厅”。自那时起，人们就这么称呼，没有人记得这个餐厅曾经的名字。福斯托曾读过卡伦·布里克森[①]的小说，这让他同芭贝特成为朋友，也许这就是一种缘分。小说中的芭贝特是一位革命者，巴黎公社失败后，来到挪威的一个穷乡僻壤当厨师。而眼前的这个芭贝特不提供海龟汤，而是倾向于照顾流浪的人，为如何生存下去寻求可行的解决方案。在听了福斯托的困境后，芭贝特问道：“你会做饭吗？”

---

① 卡伦·布里克森（Karen Blixen），丹麦女作家，曾以笔名伊萨克·迪内森创作代表作《走出非洲》。她还著有《芭贝特之宴》，短篇小说主人公名字同样为芭贝特。

所以到了圣诞节，福斯托仍然待在丰塔纳弗雷达，在芭贝特餐厅厨房的油烟中清理着锅碗瓢盆。丰塔纳弗雷达有一个滑雪场，每年夏天都有人说要关闭它，而到了冬天它总会以某种方式重新开放。人们在岔路口放上标示牌，往草地上撒些人造雪，吸引前来滑雪的家庭。一年中有三个月，丰塔纳弗雷达的山里人会变成缆车司机、造雪师、压雪师和救援人员，福斯托也成了这次集体变身中的一员。餐厅里的另一位女厨师经验丰富，几天的时间里就教会福斯托：把几公斤的香肠脱脂，停止用冷水煮意大利面，延长油在油锅里的时间，玉米粥搅动几个小时简直是浪费时间，不如用小火任其煮熟更加方便。

福斯托喜欢待在厨房里，现在有一些东西开始引起他的注意。厨房有一扇小窗户，透过这扇窗户，他把餐厅的盘子递出去，还能看到新来的女服务员西尔维娅在餐桌旁点菜和上菜。不知道芭贝特从哪儿找到的这个姑娘。西尔维娅可不像是大山里的女孩：她年轻、开朗，有种四海为家的气质。看到她端着玉米粥和香肠就好像是进入了另一个时空，正如此时的她好像一朵不合时令的花、人们口中归林的狼。在圣诞节和主显节期间，他们马不停蹄地工作，一周七天，一天十二个小时。他们互相表达爱意：她为他在软木黑板上挂上小卡片，他在食物准备好后为她按铃。

他们彼此开着玩笑。“主厨的两道白酱意大利面。”她说。“菜单上没有这道主食。”他回答。餐盘和滑雪者来来往往，速度非常快，以至于当福斯托拿起锅时才意识到外面已经天黑了。他停下来，脑海中浮现出高山的影子。他想知道此刻的山上，在树林之外，朝阳的那片高地上是否在刮风或在下雪，那里的光线如何，湖泊看起来是像冰块，还是像柔软的白雪地。在海拔一千八百米的地方，冬天的开始是很奇怪的：晚上会下雨、下雪，到了早上，雨水会融化前一天夜晚的冰雪。

在假期结束后的一个晚上，地板刚清洗完，盘子被擦干整齐地叠放在柜子中，福斯托解下厨师的围裙，准备去喝一杯。那时的吧台，安静而又祥和。芭贝特放了点音乐，在柜台上留下一瓶格拉巴酒。压雪机师傅在滑雪道上一圈圈地工作后下来寻找慰藉。他们开着履带式压雪机，上上下下，工作很长时间，将滑雪者造生的坑洞和颠簸填平，把底下被压住的积雪挖起来，在冰冷处碾碎，让这些积雪重新变成颗粒状。西尔维娅的小房间在厨房正上方。十一点左右，福斯托在吧台看到她从楼上下来，头上裹着毛巾。她拖出一把椅子，在炉子旁一边取暖，一边翻看书本。福斯托突然意识到她可能刚洗完澡。

与此同时，福斯托正听着那个同圣人桑托索和酒厂桑托索同名的压雪机师傅侃侃而谈。桑托索正在告诉他关于捕猎野鸡和下雪的事情。他还谈到了那年迟到的雪、那些保护动物洞穴免遭霜冻的珍贵的雪、没有雪的冬天会给黑琴鸡和松鸡带来的问题等等。不知何时，西尔维娅已经取下了头上的毛巾，她靠近火炉，用手指轻轻梳理着头发。

西尔维娅的头发是黑色的，又长又直，就好像亚洲女人的一样。她用一种自在惬意的方式梳理着它们。当察觉到福斯托正看着自己时，西尔维娅才把注意力从书中挪开，冲着他笑，而她的手指仍然停留在黑发之间。格拉巴酒在福斯托的喉咙中燃烧起来，就好像男孩第一次喝酒。没过多久，压雪机师傅又重新回到工作岗位。芭贝特同福斯托和西尔维娅道别，提醒他们两个明天早些烤好羊角面包，然后收拾好垃圾回家。她很高兴把钥匙、烈酒、音乐留在小餐厅，她也很开心餐厅培养起了友情，这样即使她不在了，这也会是“挪威”冰雪世界里的“巴黎小公社”。

2.
恋　人

那晚，是西尔维娅带着福斯托上楼的，如果福斯托能更主动点，两人之间的进展也许会更快一些。在西尔维娅的小房间里，唯一的热量来自楼下的厨房。寒冷使得两人的脱衣仪式略显仓促。福斯托光着身子上床，身旁是一个同样赤身裸体、微微颤抖的女孩。在女孩的身上，福斯托感受到一些动人和美妙的东西。他与同一个女人度过了十年，又孤身一人经历了毫无乐趣的六个月。现在就好像突然来了一位访客，终于开始探索他的那具身体：下面是强壮结实的身躯，有力的大腿，光滑紧致的皮肤。上面是棱角分明的骨头，小小的乳房，肋骨、锁骨、肘部，然后是颧骨和牙齿。当西尔维娅的性爱变得有些暴力时，她的牙齿同福斯托的发生剧烈的碰撞。她已经忘了，了解对方的喜好和让对方熟悉自己的喜好是需要耐心的。福斯托的手上布满烧伤、割伤、使用洗洁精后的擦伤、该死的切片机留下的伤口，但在这次爱的抚摸中，这些伤痕出乎意料地成为了感情交流的媒介。

“你闻起来真香，”西尔维娅说道，“像火炉的味道。”

“你闻起来像格拉巴酒。”

“你不喜欢吗？”

“不，我很喜欢。格拉巴酒和树脂。那是什么？”

“是我们放入格拉巴酒的松果。”

“你们把松果放进格拉巴酒里？”

“是的，瑞士五针松的松果。我们在七月采摘它们。”

“那么，你就是七月的味道。”

对于西尔维娅的这个比喻，福斯托感到十分开心。他最喜欢七月：树林茂密成荫，田野里散发出干草的清香，溪流汩汩，石头堆上还残留着最后的积雪。福斯托在西尔维娅美丽的锁骨上留下一个吻，因为七月。

“我喜欢你的骨头。”

“我很高兴你能这么说。它们伴随了我二十七年。”

“二十七年？那它们应该去过不少地方。”

“是的，我们去过不少地方。”

“让我来听听，你的骨头曾经去过哪些地方。我们先看看十九岁吧。”

“十九岁的时候，我在博洛尼亚学艺术。”

“你是艺术家？”

“不，至少我明白这一点。我的意思是，我成为不了艺术家。我更擅长参加派对。”

“在博洛尼亚，我深信不疑。对了，你饿了吗？”

“有一点。”

“我去拿点吃的？”

“好的，但你一定要快，因为我真的好冷。”

“立刻。”

福斯托下楼来到厨房，在冰箱中搜索吃的。经过窗户后面时，他看到大炮正沿着轨道发射雪。每门大炮配有一个负责照亮它的灯塔。那些喷出的水纷纷落在丰塔纳弗雷达上方的斜坡上，雾化了的水柱一触碰到空气就凝结成了冰。福斯托想到，此刻的桑托索正在漆黑的夜里把人造雪堆弄平。他带着面包、奶酪、橄榄酱回到房间，钻进被子，西尔维娅立刻抱住了他，她的双脚已经冻僵了。

福斯托说："那我们继续。二十二岁的西尔维娅。"

"二十二岁时，我在一家书店工作。"

"在博洛尼亚？"

"不，在特伦托。我有一个朋友，叫莉莉。博洛尼亚之后，她回到了老家，想开自己的书店。我一直很喜欢看书，而且当时已经完成了大学学业，所以当她邀请我去书店工作时，我立马就同意了。"

"所以你还在书店工作过。"

"是的，现在书店还开着。那真是一段美好的时光，你知道吗？就是在特伦托，我发现了山脉。布伦塔山脉。"

福斯托切下一片面包，在上面涂上橄榄酱，加了一片托马奶酪。他想知道西尔维娅口中的"发现"山脉是什么感觉。他本想把美味的面包片放进她的嘴里，却在半空中停了下来。

"那么你告诉我，你来罗莎峰山下做什么？"

"我在寻找山中旅舍。"

“你也在寻找？”

“我喜欢在冰川上的山中旅舍工作，当然是在夏天。你知道这样的旅舍吗？”

“是的，我知道一些。”

福斯托递上面包和奶酪，西尔维娅张开嘴巴咬了下去。他贪婪地闻着她的秀发。

“冰川上的山中旅舍。”福斯托说。

“你觉得我能找到吗？”

“为什么不呢？能够找到的。”

“你能不能别再闻我了？”

“你身上是一月的味道。”

西尔维娅笑了：“一月是什么味道？”

一月是什么味道呢？冒着烟气的火炉。等待下雪的结冰干草地。在长时间的寂寞后女孩赤裸的身体。奇迹的味道。

3.
森林护卫队

桑托索不但喜欢喝酒的夜晚，也喜欢醉酒后的早晨。酒不能喝太多，喝到让自己不舒服，但足以让人在宿醉醒来后还留有昨日的酒香。桑托索习惯早起，出去散步，在兜兜转转中，有些感觉会变得模糊，有些则变得敏锐，仿佛在一个普遍昏暗的世界里，某些细节变得更加生动明亮。桑托索首先会去喷泉处取水，他在屋外用水洗了把脸，喝了一口冷水。丰塔纳弗雷达有几处喷泉。这些喷泉曾经是牲口的饮水池。从冰川上流下来的水通过神秘的地下通道，在夏季和冬季保持着相同的温度。水源和村庄都位于突然出现在山谷尽头的大台地上，往下五百米是陡峭斜坡，斜坡上树木郁郁葱葱，往上是缓缓上升的夏季牧场。现在的牧场冷冷清清，空无一人，没有动物的粪便，盆倒置在草坪上。在灰蒙蒙的天空下，桑托索看到有些阴暗的地方还残留着一层雪。夜晚，动物在雪上也留下了它们的踪迹。松树间野兔的脚印、对牲畜棚充满好奇的狐狸的足迹。鹿被撒在雪后路上的盐所吸引，大胆地蹬着蹄子从树林一直跑到柏油马路上。狼的痕迹没有出现。有人曾在秋天更远的山谷里看到过狼，所以桑托索确定狼一定会出现，或者它们已经在山里了，但依然保持着警惕，研究着形势。雪消失的地方，连故事也戛然而止，就像他只看到一半的事实。桑托索一直努力遵守着父亲的规则——永远不要从树林里空手而归。所以，那天早上，他摘了一些杜松子，装满了他狩猎用的夹克的口袋。

今天是星期三，滑雪者很少。桑托索经过餐厅，但芭贝特还没有到。只有厨师在，或者更确切地说，是那个不是厨师的厨师。福斯托正在厨房安静地工作。听到开门声，他来到吧台同桑托索打招呼。

“咖啡？”福斯托问道。

“你是福斯托，”桑托索说，“不，你是福斯[1]。”

---

① Faus，同英语中的 false（假的）读音相似。

“福斯？”

“假厨师。”

福斯托开心地笑了，他在过滤器中装满咖啡，拧紧旋钮，说道：“看起来很完美。”

“我想是下雪了，福斯。”

是到了下雪的时候。

芭贝特拿着一袋面包和报纸进来。她把报纸留在吧台，面包则带到厨房。在她之后，住在下面房子里的老牧场主也来到了店里。早上八点到九点是美好的时光，滑雪者还没到小镇，丰塔纳弗雷达的老友们则来到芭贝特餐厅，谈论干草和牛奶、木材供应和过去落在阳台上的雪。福斯托也为自己准备了一杯咖啡，芭贝特接替他在柜台前的工作。桑托索向芭贝特投去一个眼神，他抬起下巴，在他们之间做了一个手势。芭贝特“哼”了一声，拿起一瓶白兰地，往杯中倒了少许。

“所以，狼已经来了？”牧场主说。

“来就来吧，”桑托索说，“在这里，我们欢迎一切。”

“我告诉你，只要碰上一头野兽，我就会拿枪出去。”

“厉害了。”

“你以为我在开玩笑？”

“不，不，我相信你说的。”

“那你会怎么做？逮捕我吗？”

“我吗？我退休了，不会再逮捕任何一个人。”

西尔维娅，新的女服务员，也下楼了。她从吧台下面拿出一条围裙，系在腰间，打开水龙头，为自己倒了杯水，一口气喝完，又倒了一杯。“她真的很口渴。”桑托索想。

福斯托说：“退休？”

“我以前在森林护卫队工作。”

“森林护卫队？你不是猎人吗？”

“这两者并不矛盾。”

“但得好好想想。”

西尔维娅在托盘中放满杯子，然后去餐厅摆放好。经过时，她的手碰了碰福斯托，桑托索宁愿自己没有看到这一幕。他不喜欢人类的事情。比起人类，他更喜欢狼、狐狸和山鸡。

“我去煮点玉米糊。”福斯托说。

“看来你已经适应了山里的生活，去吧。”

“看你说的。”

“再见。”

桑托索喝完咖啡，在柜台上留下一枚硬币，同正在忙其他事情的芭贝特道别。至于老牧场主，桑托索可不愿浪费任何时间在他身上。他来到餐厅外，深呼一口气，心想：“昨晚这里有人上过床。”然后，他情不自禁地感慨：“下雪时，空气中就有好闻的味道。”伴随着咖啡和白兰地的气味，他点燃了一支烟。这时，桑托索开始思考接下来的早上该如何度过。

4.
雪　崩

现在下雪了。几天后，白雪就覆盖住了菜园、木棚、粪堆和鸡舍。这场雪又厚又湿，感觉不像一月的雪。雪在风中飞扬，包裹住树干和芭贝特餐厅的户外桌椅。因为天气的原因，店里的生意并不好。周日下午三点，西尔维娅终于记起了餐厅门口放着的一把铲子。她拿起铲子出门，开始清扫小露台。

西尔维娅对丰塔纳弗雷达的变化感到震惊。她在十二月里看到的农业景象，一个山路崎岖、树木繁茂的乡镇，一夜之间变成了北方景色。她看着汽车从停车场驶出，动作笨拙，不断打滑。脚步僵硬的人们扛着滑雪板返回。西尔维娅长大的地方不怎么下雪，她甚至觉得母亲从未见过她现在所看到的场景。母亲看到后是否会欢喜，她会感到心安还是觉得受到了威胁？西尔维娅看到扫雪机经过，清理干净通往餐厅后面拐角的道路，形成几米高的雪堆。然后，扫雪机转了个方向。她明白，冬日里的这个屏障是文明的边界：在白茫茫的彼岸，充满了危险、风险和冒险。她想去看看那边究竟是什么样的风景。比起滑雪场，她被那些人类未涉足的白雪深深吸引。

现在到了吧台提供点心和芭贝特秘制巧克力的时间了。西尔维娅记起母亲的一些事：母亲有着让别人服务她的天赋，她从不把收拾脏杯子放在心上。西尔维娅在餐桌前忙碌，避开滑雪者和他们的孩子，以免发生碰撞。她把杯子摆满托盘，放进玻璃杯清洗机。洗完后，又把它们放在咖啡机上晾干。

“外面怎么样了？”芭贝特一边问道，一边用力地摇晃着一管稀奶油。

“雪停了。他们把道路打扫干净了。”

“你喜欢雪吗？”

“很难说。你呢？”

“谁喜欢雪呢？雪给人们提供工作。天哪，你看我在说什么。”

“奶油用完了吗？”

“应该是的。”

“我给你去拿新的。”

西尔维娅来到厨房。厨房里唯一的小窗户上布满蒸汽凝结而成的水雾。女厨师在烤薄饼，福斯托在洗碗机旁处理午饭后用过的餐具。看到西尔维娅后，福斯托冲她笑了笑，额头上冒出颗颗汗珠：他被笼罩在机器的烟雾中，在一堆堆的脏盘子里，他设法保持一种陌生的高贵感，就好像他刚从山上下来，在餐厅里驻足，只是为了搭把手。

“大厨，热吗？”

“就像在蒸桑拿。”

“你想喝啤酒吗？”

“有什么理由拒绝呢？”

西尔维娅拿着稀奶油去了吧台，又取回一杯冰啤酒回到厨房。福斯托启动洗碗机，接过西尔维娅的啤酒，美滋滋地喝了一口。当福斯托的小胡子上还残留着啤酒泡沫时，突然“轰隆”一声，响彻厨房，这巨响盖过了吧台的喧闹声。西尔维娅吓了一跳。

“这是什么？一月的雷暴？”

“不，这是雪崩。”

“雪崩会发出这样的声音？”

“有时候会。如果持续两三天下雪，一旦天气暖和些，就会发生雪崩。”

于是西尔维娅又一次跑到露台上，想看看雪崩。她注视着面前的群山，也就是背对丰塔纳弗雷达北边的那些山她听到了隆隆声，那个倒塌的声音，虽然没有之前的那么响亮。她注意到岩石间有一团雪，墙上也有一团，像瀑布一样。雪到处掉落，在斜坡和其他积雪过多的地方，白雪沿着山的形状，跳跃着、滑落着，在更低处安定下来。一分钟后，西尔维娅目睹了一场真正的雪崩，发生在悬崖峭壁的裂缝中。一开始，是一道闪电，随后传来雷声，雷声深沉而绵长。还来不及担心，大量的积雪就滑动下来。旧雪拖曳着新雪，越滚越多。当积雪终于停了下来，没有了白雪的高山一侧留下了一大块黑色的污渍，就好像一堵墙被剥落了石膏一样。西尔维娅将双臂抱在胸前，站在那里，看着远处的风暴。

5.
起风的夜晚

当天晚上，福斯托邀请西尔维娅去他的住处。他租的是七八十年代的老房子。房间里有镶着花边的窗户，雕刻着心形的椅背和绣着雪绒花的刺绣。福斯托想起了山谷底部的滑雪缆车。它在低空飘雪时就建造完成，如今躺在草坪上生出斑斑锈迹。但他喜欢这个深谷。深谷仿佛是他可以重新开始的地方，一片充满希望、没有失望的净土。除了门槛处的鞋子、架子上的几本书、收音机和桌子上的笔记本外，房间里什么都没有。西尔维娅一进门，就注意到了福斯托。

“你在写东西？”

“是的，当我有空的时候。”

“你写什么？”

福斯托从书架上取下多年前出版的一本书。“主要是关于夫妻的故事。夫妻之间彼此厌倦、背叛、分手或者复合，最后伤得更深。”那种曾经让福斯托感兴趣的故事，现在仿佛出自别人之手。西尔维娅翻了翻手中的小书。

“你那时还没有在书店工作吧？”

“没有。”

“这本书只在市面上出现过短暂的时间。”

“发生什么了？”

“它卖得不好。然后出版商破产了。”

“之后你就不写了吗？”

“不写书了。”

西尔维娅指了指笔记本，说道：“我可以看吗？”

“如果你能破译它的话。”

福斯托在秋天做了一些尝试。他背上装有笔记本的背包，步行登山。经过两三个小时的跋涉，他在海拔很高的地方驻足。那里的高度激发出他的灵感。苍穹之下，福斯托坐在一块石头上，尝试着用语言来表达周围的一切。但他很快明白，自己得从头开始学习。这种感觉就好像一个音乐家改变了流派甚至是乐器。

他不知道落在纸上的文字会变成什么，但他喜欢在上面留下痕迹。如今的福斯托已经厌倦男人、女人和爱情的故事。

“这个场景，”西尔维娅问道，“夜有溪流，有鹿来饮。真的发生在你身上吗？”

“是的，我有时喜欢在户外睡。”

“就这样睡在外面？”

“我有一个皮睡袋。在外面睡就像是夏天结束时的仪式。我在户外的夜晚同夏末告别。”

“这一页真美。”

“真的吗？”

“真的，很美。有着独特的神秘，让人不敢轻易触碰它。”

西尔维娅在那个房间里，手捧着福斯托的笔记本。

更晚一些，他们尝试用新学到的方式做爱，并让这种方式为两人所独有。他们听到外面又起风了。当福斯托往火炉中加柴火时，他感到从烟囱中冒出的烟在随风而去，他看到火焰在炉子中肆意摇摆。福斯托记起房间的某个地方应该还有一瓶葡萄酒，于是他拿起酒和两个杯子，回到房间。西尔维娅坐在床头等他，裸露的肌肤上盖着毛衣。当福斯托倒酒时，西尔维娅想知道他是如何成为一名作家的。

"你知道是谁毁了我的人生吗？杰克·伦敦。因为我并不清楚自己有什么故事，而且这个想法对我来说似乎很冒险。写作、喝酒、维持生计。同成为作家的女孩在一起。"

"成为作家的女孩是怎么样的？"

"她们都很疯狂。"

福斯托把酒杯递给西尔维娅，然后同她一起上了床。

"但是人在二十岁的时候，信仰是一件多么美好的事。感觉她们是执着追求信仰的人。"

"信仰？"

"我放弃了大学学业，因为当时的我确信大学里学不到什么。我阅读自己能找到的所有书籍。过去我常常写作，在深夜、在地铁上、在酒吧里，这就是我的信仰。"

"我从来没有过这样的信仰。"

"从来没有？"

"我总是跟随别人，有点随大流。也许我追求了别人的信仰。"

"但是来这里是你自己决定的。"

"是的，来这里的确如此。"

"那么你知道一收到那本小书的样书时，我做了什么吗？"

"你做了什么？"

"我去了户口登记处更换身份证。我说我把之前的身份证丢了。在新的身份证上，我在职业那一行写上：作家。我还带上了自己写的书作为证据。"

西尔维娅笑了，福斯托喝光了杯中的酒，致敬过去的岁月。西尔维娅问："但是之后你并没有成为作家。"

"你说得对，但也不对。"

"怎么说？"

"我学会了自力更生。"

"有趣。你是怎么做到的？"

"这是一个太过悲伤的故事，不适合这么美好的夜晚。”

“我想我已经知道原因了。”

他们一边喝着酒，一边聊着天。福斯托喜欢在清醒的时候同西尔维娅说话，就像他喜欢同她做爱一样。此时，这个为旅行者安排的房间看起来就像温暖的家，那张铺着圣诞节元素被子的床就是他们的床，他们的床头柜、他们的酒杯、他们做爱时留在床单上的气息。

西尔维娅开始感到困倦。她侧躺着说：“你知道吗？我在书店工作时发现了一本儿童地理书。书上说，在阿尔卑斯山上攀登一千米，就相当于北上了一千公里。”

“哦，是吗？”

“是的。因为气候、植物群、动物群等因素。书上说，气候在海拔高度上的变化往往比纬度上的变化要大得多。所以即使海拔高度上只有些许的变化，都算得上是长途旅行。”

“这个想法不错。”

“事实上，我想啊，如果你身无分文，也可以环游世界。我拿了一张地图开始计算，先找到柏林：一千公里。伦敦：也是一千公里。但是并不是说你爬上一千米的高度就可以找到柏林和伦敦。这么操作肯定是不对的。但是在阿尔卑斯山以北三千公里，你知道那里是什么吗？”

“是什么？”

“北极圈。”“在三千公里？”

“你觉得不对？”

“应该是对的。从我们这里往上三千米处就开始有冰川了。北极有多远？”

“不到五千公里。”

“差不多是勃朗峰的高度。”

“的确如此，如果你爬到勃朗峰或罗莎峰的山顶，的确可以得出这样的结论。”

福斯托笑了，西尔维娅打了个哈欠。福斯托说：“那我们所在的丰塔纳弗雷达是什么地方？”

“丰塔纳弗雷达的海拔是多少？”

“一千八百一十五米。”

“让我想想，我们应该在丹麦和挪威之间。差不多在奥斯陆，我想。”

"奥斯陆?"

"或者更北一点。"

"嗯，事实上，当世界被洪水淹没时，所有的山谷都会变成峡湾。"

丰塔纳弗雷达峡湾。

一阵疾风吹动百叶窗，打断了两人的游戏。福斯托起身去关窗，看到他年迈的女邻居推着一辆手推车在房屋间的小巷里前行。她走得并不是很直，风雪让她步履蹒跚。

"我出去一会儿。"福斯托说着，穿上毛衣、裤子和鞋子，没穿袜子和内裤。他走出门，提高嗓门，为了让女邻居听到自己的声音。

"你好，杰玛!"

"晚上好。"

"你在做什么?"

"我准备去拿些干草。"

杰玛要去取干草，就好像这是晚上到了这个点要做的最平常的一件事，哪怕风雪交加，阳台上的工具被吹落下来。杰玛八十岁了，在房子下面的小牛棚里，还养着一头母牛用来挤牛奶。杰玛每年都会让母牛受孕，随着年龄的增长，母牛一头接一头地死去。

“你等一下，我来帮你。”

“不需要。”

“需要的，就当我做些运动。”

福斯托从杰玛手中接过手推车，推到一间盖着铁皮屋顶的茅草屋中。树林里传来狂风吹断树枝的声音。他从草垛中拉出两捆干草，来到杰玛的房子，把手推车靠在屋檐下。他捧起其中一捆，推开牛棚门，一阵难闻的气味冲进鼻中。肮脏的灯泡照亮牛棚，他屏住呼吸，周围是满是粪便的墙壁和粘着死去昆虫的黑色粘蝇纸。母牛转身看向他，它的尾巴被绳子高高地绑起。在原先的干草垛里，他看到一个布满鸡毛的小笼子里还关着一只兔子。

“你还需要些别的吗，杰玛？”

“不，不用了。谢谢，谢谢你。”

“那么，晚安。”

“再见。”

来到外面，福斯托做了一个深呼吸，去除刚刚充满鼻子的气味，然后回家。他拿起鞋子，在门上敲了敲，以此来去掉鞋底上残留的积雪。进屋后，他发现西尔维娅已经熟睡，她的脸颊靠在枕头上，一只手放在枕头下，同刚才说话时的姿势一模一样。秀发散落四周，嘴唇被葡萄酒晕成紫色。她在那里，他的极地女探险家。福斯托脱下衣服，躺在她的身边。但他并没有睡意。于是，他开始畅想大海。有一天，大海会淹没山谷，触碰满是木头和石头的村庄，高山放牧者的小房子会变成渔民的小木屋，阳光和空气中带着海水的咸味，而北方来的大风还在一刻不停地席卷丰塔纳弗雷达峡湾。

6.
被摧毁的树林

那晚，福斯托不仅听到了树枝折断的声音，还听到了树木轰然倒下的声音。桑托索提议一起去查看树林的损失，并借给福斯托一副他从未用过的海豹皮滑雪板。他们把滑雪板放在道路尽头的雪堆上。所谓的海豹皮，现在已辨别不出，徒有虚名：绒毛被粘在滑板下，这样滑板就会顺着皮毛的方向前进，而逆着皮毛的方向则可以刹住滑板。桑托索向福斯托展示如何钩住绑带，如何使用脚后跟来抬高，但他对如何滑行没有做出任何说明。

桑托索说："八十年代以后，我就再没有见过有人穿着牛仔裤滑雪。"

"我只有牛仔裤。"

"如果你不小心遇到雪崩，当救援队找到你时，他们会以为找到了上个世纪的人。”

说完，桑托索就出发了。积雪很厚，没有人走过。桑托索沿着道路前行，如同在冰上溜冰一样顺畅。福斯托试图模仿他的动作，跟上他的脚步，但这样做比穿上雪鞋更加笨拙。每一步都得迈得很小，与其推动双脚，不如抬高它们来前行。桑托索采用了山里人的教学方式：照着做就行。他一直往前走，直到一段倒下的树干挡住了去路。于是桑托索放弃了那条路，弯下腰来调整脚后跟，然后沿着斜坡，消失在树林深处。

倒在风中的是落叶松。尽管冷杉的枝干上有更多的积雪，但它依然坚挺。一些苏格兰松像幼苗一样被连根拔起，而落叶松显然遭受了大肆屠杀。许多落叶松在离地两三米处被拦腰斩断，树林里到处都是它们的残枝败叶，只剩下树干横七竖八地躺在雪里，光秃秃的树枝卡进土中。白雪、散落一地的松针、断掉的树枝、被搅动的泥土，让这片树林看起来阴森可怕，仿佛遭受了巨大的掠杀。经过几次来回的巡查，桑托索觉得差不多了。他解开滑雪板，插在雪地里，然后坐在倒下的树干上，说：“福斯上帝。”其实，他想说的是，虚假的上帝，不存在的上帝。他点燃一支烟，此时福斯托终于费力地追上了他。

“你知道清理干净这些需要多长时间吗？”

“多长时间？”

“很多年。因为整个山谷都是这样。”

“但至少木材是可以用的，对吗？”

“我不这么认为，这片树林里没有笔直的树木。最终，还是得付钱雇人把木材运走。”

福斯托不知道该说些什么，萦绕在桑托索身上的忧伤也感染到他，仿佛是他自己受到了攻击和殴打一样。桑托索吸了一口烟，说道：“没错，福斯。狼和风。”

“可怜的树林。”

“你知道吗？其实这片树林也派不上大用场。”

“为什么？”

“我们的老一辈种下这片树林，之前这里是牧场。但是树要长大并不容易。不是说你把树栽下去，它就会长出来，没这么简单。”

“怎么说？”

桑托索从他坐着的树干上撕下一块树皮。树皮外面呈灰色，皱巴巴的，里面是红色，让人看到生命的气息。

桑托索说："你知道吗？小时候大人就告诉我们不要去爬落叶松，落叶松很容易折断。"

"落叶松很容易断？"

"是的。"

"那什么树适合攀爬？"

"冷杉树。它是有弹性的木材，只要你不去打它，它就可以把所有人稳稳托住。只是没有人会种冷杉，因为它不值钱。"

"真是可惜。"

"落叶松坚硬，有钱可赚，但是它会让孩子们从树枝上掉下来，会被风吹断。虚假的上帝。"

福斯托觉得桑托索，这个山里人，真是一个会给人带来惊喜的人。随后福斯托问："你不喜欢在森林护卫队工作吗？"

"我喜欢在森林里工作。"

"然后呢？"

"后来他们把我们变成了警察，我不喜欢当警察。"

桑托索在雪中掐灭手中的烟，用力撕扯滑雪板上的海豹皮，把它们卷起来，塞进夹克里。他说：“要给它们保暖。下次可能还会派上用处。太冷的话胶水就不起作用了。”

“我知道怎么走下山。我把滑板放在哪里给你？”

“你留着，你留着。你可以多做一些练习。”

桑托索把滑板扔到地上，像钩住旧拖鞋一样钩住滑板。固定脚后跟，方便下坡和拿滑雪杖。然后他在倒下的树木间滑行，尽管一片衰败景象，但是看到他在新雪中滑行何尝不是一件乐事。

7.
芭贝特和飞机

芭贝特曾经深爱的寒冷而又明艳的日子到来了。她发自内心地称这样的日子为“冬日里的宝石”。零下十度到零下十五度的清晨，冰冻的雪在鞋底下噼啪作响，下方的山脊在如此稠密饱满的天空下仿佛成为了耀眼的刀片，它是如此明亮，以至于从丰塔纳弗雷达就可以用肉眼看到直达巴黎飞机的机翼、机身甚至是一排排的舷窗。飞机在阳光下闪闪发光。有时，看到它们经过，芭贝特会想，从飞机上能否辨认出丰塔纳弗雷达，或许此时飞机上的空乘人员正在向乘客介绍马特峰[①]和勃朗峰，又或许此时某个乘客刚享用完早餐，抬起头来，在两个世界首都（罗马—巴黎）之间

① 马特峰也称马特洪峰、切尔维诺峰，是阿尔卑斯山脉中最著名的山峰。马特峰的位置在瑞士、意大利边境。

的旅行中看到了白雪皑皑的山谷，心想："看哪，这就是阿尔卑斯山。"

以前，芭贝特很享受待在自己想待的地方，她绝不会同那个心不在焉的乘客交换座位。现在，她并不那么确定。芭贝特从越野车中拿出一袋面包，收拾好报纸，数了数停在缆车出发点上的汽车。如果汽车能够一直停到垃圾箱附近，一天的收入不成问题。如果能停到杰玛家的茅草房前，餐厅会坐满人。芭贝特应该在这些天里去看看杰玛。给她带上吃剩下的玉米粥，用来喂杰玛的母鸡。也许还带上一块蛋糕和一些橘子。装面包的袋子太重了，她提不动，只能拖着它在雪中前行，然后上楼梯，穿过露台，来到厨房。

芭贝特同福斯托一起制定当天的菜单，以及他们口中所谓的"员工餐"，也就是给设备工人的午餐。十二道固定的菜肴，每份十欧元，包括：第一道菜、第二道菜、配菜、面包和咖啡。福斯托坚持认为他们不应该总是吃相同的菜。

"西葫芦当配菜？"他提议。

"西葫芦没必要，就放在那里，等下我们把它扔了。”

“做烩饭，不做意大利面？菊苣和韭葱？”

“算了，不要想这么多。”

午餐经常是意大利面、肉、土豆、奶酪。肉吃厌了，只需要用煎蛋饼代替就可以。餐桌旁响起不满的抱怨声。芭贝特对这样的事情感到厌烦。但只要一方提议说要改变，另一方保持冷漠，只要双方之间没有敌意，那么最终肯定会有一方放弃，不再坚持。无论是在露台上种花、把蔬菜加入工人菜单中，还是组织一场喜剧表演，也许道理都是相通的。

老牧场主坐在平日的位子上，问道：“那么，你看见风了吗？”

“嗯，是的。”

“从来没听说过风吹垮了树林。”

“至少，风把一些东西吹下来了。”

“比如？”

“没什么，我开玩笑的。咖啡呢？”

十一点，芭贝特同西尔维娅一起吃午饭。福斯托没有来，他说吃完饭会丧失做饭的欲望。但他很开心能为她们两个准备一些特殊的菜肴。今天是面耳朵，配有新鲜番茄、山羊乳清干酪和山中百里香。他是如何在二月份找到新鲜番茄的？在丰塔纳弗雷达，二月的番茄如同异国水果一般珍贵。

吃饭时，西尔维娅想知道芭贝特来这里的更多细节。关于芭贝特的传奇故事发生在三十五年前的夏天。这个故事让她激动不已，就像讲述朋克的诞生或者柏林墙的倒塌一样让她着迷。

“但你知道吗？”芭贝特说，“并不是说我在米兰迷失了方向。我出生得比较晚。当时，七十年代已经过去，我的朋友们只想去体育场，或者吸食海洛因。”

“体育场？”

“是的，星期六在皮尔球场，星期天在圣西罗球场里不时还会举行音乐会。真是悲伤。所以你知道我想说什么吗？那个夏天，我要去高山牧场挤奶、铲粪。”

“然后你再也没有回去。”

“是的。谁会想到呢？”

“这中间一定有个男人吧？”

“是的。”

“他怎么样？”

“我不想说他很帅，但有点狂野。我们在高山牧场里养了一头骡子，只要中间有一个小时的空闲时间，他就带着它出去活动，他和我一起，我们在岩石后面做爱。真的很冷。”

“那你父母呢？”

“他们挺可怜的。我每周下山给妈妈打电话，告诉她我很好。她就尖叫，威胁我，说我还未成年，会让警察来抓我。我告诉她我没有多余的硬币了，然后挂断电话。”

“那你和那个狂野的男人是怎么结束的？”

“以山里人的方式结束的。”

“这是什么意思？”

“山里人内心有股愤怒，迟早都会发泄出来。大多数时候，都是酒精引起的。如果我能给你一些建议，那就是你可以做你想做的任何事，但一定不要和他们结婚。”

“这我倒从没想过。”

到了正午，山里人穿着缆车工人的制服来到店里。

他们休息的时间很短，经常饥肠辘辘，最好不要让他们等待超过五分钟。西尔维娅为他们端上面包和奶酪，福斯托则带来意大利面和炸肉排。芭贝特会时不时地观察他们：这些山里人强迫自己喝水，切下托马奶酪，并不开心地咀嚼着，仿佛奶酪食之无味。芭贝特曾经为这些工人提供葡萄酒，但这几年，设备管理变得更加严格，她就再也没有提供过。最后进入餐厅的是在海拔两千三百米高处的缆车终点站工作的男人，饱经风吹日晒后，他的脸上留下在冬日高山上工作的印记：颧骨周围的皮肤被晒伤，眼睛四周布满皱纹。他推开餐厅的门，喊道："嗨，老伙计们！"

芭贝特忍不住笑了起来。这些山里人的某些特质仍然触碰到她心底最柔软的地方。巴黎会有美洲原住民勇士吗？最后到达的印第安酋长同部落的其他人一同坐下。西尔维娅端来西红柿酱拌面。随后，滑雪的人也陆陆续续到达，他们穿着滑雪服和靴子，戴着头盔，身旁跟着饥肠辘辘的孩子，芭贝特前往收银台收款。

8.
头　发

一天晚上，福斯托的心情因为一通电话而发生改变。他在厨房待了很长时间。西尔维娅并不想问他同谁通了电话，他们之间又谈了些什么。她不想知道关于福斯托与那个女人的任何事情。

西尔维娅说："如果你感到不舒服，我们可以做点别的。"

"对不起。"

"你不必总是向我道歉。"

"我经常说吗？我可能都习惯了。"

外面又下起了雪。公寓里，火炉温暖，很适合光着身子躺在被窝。西尔维娅用脚背抚摸福斯托的双腿，并握住他的手。她最喜欢的就是他的双手。一片木屑扎进在福斯托的手掌心，她就在那儿给了他一个吻。

“也许我只是厌倦了冬天。”

“厌倦冬天，会不会有点早？”

“现在是三月，我想再去看看草地。我想去钓鱼，我想在溪流中游泳。”

“你会钓鱼吗？”

“不会。”

“你想我们一起泡个澡吗？”

“浴室的热水不够。”

“不然洗个头发？我想让你帮我洗，用你那双美丽的手。”

福斯托从不会拒绝这样的提议。他起身，穿上裤子。为炉子添上柴火，用水装满水壶，把它放在炉子上加热。他把椅子搬到浴室，在椅背上搭着一条毛巾。让西尔维娅坐下后，福斯托请她把头往后靠在浴缸上。一切都非常专业。随后，福斯托弄湿了西尔维娅的头发——她的秀发浓密，擦上肥皂后，起了很多泡沫。

西尔维娅说：“你知道吗？也许我找到了山中旅舍。”

“真的吗？在哪里？”

“奎因蒂诺塞拉。”

“罗莎峰上的奎因蒂诺塞拉旅舍？”

“我想是的。芭贝特是那家旅舍负责人的朋友。今天早上我同他谈过了。”

“我知道奎因蒂诺塞拉。”

“是吗？”

福斯托将手指浸入泡沫中，揉搓，思考，然后再次揉搓，说道：“费利克的奎因蒂诺塞拉旅舍，海拔三千五百八十五米，我第一次去应该是八九岁的时候。”

“什么是费利克？”

“一个冰川的名字。”

“八岁的时候，他们就带你去那里了？”

“是的，这很正常。当时还有其他小朋友。一开始，我们只会在白天的时候去旅舍玩。再大一些，我们会在那里过夜，为了第二天早上去卡斯托峰。”

“卡斯托峰？”

“是罗莎峰的一个山峰，海拔四千二百二十六米。最美的山峰之一。”

“你怎么能记得所有的海拔高度？”

“怎么会忘呢？山的名字、山的高度，你知道孩子是什么样子的。”

福斯托拿起淋浴喷头，开始冲洗。当感到热水变成温水时，他停了下来。电热水器中的热水无法满足西尔维娅洗头的需求。然后他拿起西尔维娅递给他的肥皂。

“你觉得我当美发师怎么样？”

“不错。你继续给我讲讲卡斯托峰。”

“有条通往卡斯托峰的山脊。从费利克山口，费利克雅克布开始。从有些地方看，它就像把真正的雪刀。直直地左右延伸，底下是一些巨大的裂缝。小时候他们告诉我，如果前面的同伴从山脊的一侧跌倒，你必须马上跳到另一侧，否则他会把你拉下去。”

“在你身上发生过这样的事情吗？”

“我们为了好玩试过。有一次，向导在保证我们的安全后，尝试让我们这么做。一个小男孩从一侧跌倒了，我就在山脊的另一侧。”

“天哪。”

“其实非常有趣。”

福斯托进入厨房，拿着一壶热水出来，说道：“现在把头往后仰。”

“就这样？”

“是的，闭上眼睛。”

福斯托握着水壶把柄，慢慢把水从水壶中倒出来。

“啊，”西尔维娅说，“真是美妙。”

“洗好了。极地女探险家已经洗完头发。”

“谢谢大厨。”

“现在我不是大厨，我是美发师。”

“那就谢谢美发师。”

随后，他们走进厨房，在炉子旁坐下。福斯托往炉子里添了更多的柴火，西尔维娅开始用她久经考验的方法弄干头发。她打开炉门，把头发靠近火炉，每次一小绺，一只手的掌心枕着头发，用另一只手的手指梳理。西尔维娅将头发放在那里仅几秒，以免它们烧着。此时，头发吱吱冒着热气。

“费利克，”福斯托说，“曾经是一座古代城市的名字。有一天，一个外国人来到这里。他敲了这座城市的所有大门，但没有一个人为他开门。离开时，他下了一个诅咒。他说，这座该死的城市，明天大雪会降临这里，后天、大后天也会如此，直到积雪把这里淹没。所以，现在那座叫作费利克的城市已不复存在，取而代之的是冰川。”

“这样也好。你有多久没去过费利克冰川了？”

“大概二十五年。”

“如果我去了那里，你会来看我吗？”

“当然。等等，我给你看看这个。”

福斯托找到那张比例为1∶25000的地图，把它摊在地板上。奎因蒂诺塞拉旅舍位于地图上方，罗莎峰大冰川的底部。每座冰川都拥有自己的名字：维拉、费利克、里斯。西尔维娅看到两个黑色方块标示出奎因蒂诺塞拉旅舍。

“为什么是两个？”

“另一个是原先的小屋。人们就让它在新的旅舍旁边。”

“这个旧小屋有多久了？”

“应该是从十九世纪开始。或许已经被重建过，我也不太清楚。这些山中旅舍被摧毁过无数次，闪电将它们点燃，雪崩使它们倒塌。我记得有一次，有个旅舍忘记关门，露营棚就被大风吹跑了。春天到了，露营地却找不到了。”

“这是真的吗？”

“这是我父亲告诉我的。”

“他是登山者吗？”

“是的，周日登山者。”

福斯托笑了。谈到冰川和山中旅舍，他早已忘却了刚才恼人的电话。他研究着地图，注意到在地图的底部，奎因蒂诺塞拉的对面，应该就是丰塔纳弗雷达。如果地图有一米长，它们之间的距离大概是二十公里。他的脑海中突然萌生出一个想法，他要继续探索，然后向西尔维娅展示通往旅舍的道路。火焰在西尔维娅黑色的秀发上跳动，地图上的冰川蓝白相间，福斯托则用深蓝色的小点标示出它们。

9.
一台压雪机和两只公鸡

桑托索的冬天在三月某个周六的天黑之时结束了。吃完午饭后，他睡了一觉。桑托索很少午睡，起来时他感到浑身疲惫，有些疼痛。下午五点，他来到车库，给压雪机加满柴油。与此同时，最后一批滑雪者，喜欢在下午晚些时候滑雪的游客仍在雪浆中滑行，画出一道道曲线。季末时分，积雪在正午融化，晚一些时又变成了浆状。在桑托索看来，雪像是祈求着能变成水，这样它就可以滋润大地，顺流而下，进入山谷。他看到空空的缆车停在半空中。桑托索进入压雪机机舱，对暖气、软垫座椅、和按摩着他背部的震动着的发动机充满感激。在最后一个滑雪者离开后，巡逻队负责关门，把广告牌和杆子收走，确保没有人留在滑雪场。与此同时，桑托索听到他的同事拿着无线电，跟在他身后，一边启动压雪机履带按键。下面的滑雪场就像是一个大筛子，上面是密密麻麻的黑点。在过去的几周里，为了迎接复活节，桑托索的工作就是修修补补，把一边的雪挖掉，去盖住另一边的洞。最后，他还是让那些受过祝福的雪随心所欲。

但桑托索很享受这份工作。他可以独自在山中看着夜幕降临，在太阳低垂时驾驶着压雪机穿过落叶松长长的阴影。他遇不到任何人，除了穿着皮衣往滑雪道上爬的福斯托。救援队一定也不会干扰福斯托：毕竟他是那个每天把意大利面放入他们盘中的人。桑托索看到福斯托从上次开始就一直在练习滑雪，现在他已经滑得相当不错了，尽管他穿着牛仔裤和格子衬衫，看起来更像一个樵夫，而不是滑雪者。两辆压雪机经过福斯托时，他挥舞着滑雪杆向他们打招呼。

“这个人是谁?”另一个压雪机师傅在无线电里问道。

“是芭贝特餐厅的厨师。”

“那我们走吧。”

桑托索和同事在小路分岔的地方道别。现在压雪机的后视镜中再无他人。桑托索点燃一支烟，打开音乐，穿过缆车终点，沿着压雪机固有的路线继续前行，在一块从雪中冒出来的巨石边停了下来。那里的雪还是很厚实，可以用来填补下面滑道上的洞。但此刻，桑托索只是拿起望远镜，打开舱门，坐在履带上，探索着树林的边缘。

他知道该往哪里看，那天晚上他也终于发现了它们的踪影：两只英俊的成年黑公鸡，在白雪的映衬下显得十分亮眼。它们精神饱满、战斗力十足。山鸡总是会选择相同的地方决斗，年复一年回到它们的竞技场。它们会在余晖中出来，那时太阳已经从山脊处消失，只剩下最后的光芒，但残存的光还没有熄灭。法国人称这样的时刻为“狗与狼的时间”。桑托索很喜欢这样的说法。狗与狼之间，黄昏与黑暗之时，是山鸡出来战斗的最佳时机。它们用爪子、喙子、翅膀和身体的其他所有部位来开展决斗。在求偶的季节刚开始时，它们是如此愤怒，以至于压根就不在意旁边停着一辆履带式压雪机、一个男人用双筒望远镜注视着它们，更别提传来的摇滚音乐声了。桑托索观察着那两只顶着红冠头的公鸡，它们竖起羽毛，试图吓倒对手。在某个地方，母鸡正等待着获胜的一方。不管有没有下雪，对桑托索来说，这一直都意味着春天的开始。

10.
加油站

对于动物来说，爱情刚刚开始；而对于西尔维娅和福斯托而言，爱情结束了，或者说爱情被搁置了。复活节后的周一，最后一趟缆车结束，滑雪者们像候鸟一样从丰塔纳弗雷达离开。芭贝特准备了布告，上面写着“假期停业”。她宣布要去一个岛屿度假，但没有透露岛屿的名字，也不愿说出岛屿所在的海洋。芭贝特给所有人付了工资，还加了点奖金，她没提这个季节的收入如何。但在最后一天，餐厅里出现一个打着领结的男人，同她坐在一张桌子旁，查阅账单。福斯托很清楚餐厅所欠的费用，这一幕足以激起他反抗的欲望。

接下来的星期四，福斯托和西尔维娅一同出去。他们去了三村，那里的一些饭馆还在营业。福斯托和西尔维娅从没有一起出去吃过晚饭，当他们以情侣的身份出现在披萨店时，两人都感到有些不自在。没有了他的厨师围裙、她的服务员围裙，没有了他们的床、他们的炉子、他们的枕头和酒杯，福斯托和西尔维娅又变回了一个四十岁的男人和一个二十七岁的女孩。他们将前往不同的道路。

“那你在春天会去哪里？”

“应该会去特伦托。这个时节，农村会有很多活干。你知道的，菜园和果园。”

“你不想在这儿多待一段时间吗？我可以照顾你。”

“我差不多都答应朋友了。不过，你知道的，我会回来的。”

“当然。”

“这个夏天，这里还有奎因蒂诺塞拉旅舍。”

“我知道。”

“你呢？”

“我在米兰还要处理一些事情。之后，谁知道呢，也许我也会弄个菜园子。”

福斯托没想过要送礼物，但西尔维娅为他准备了一份。那是一本葛饰北斋的《富岳三十六景》。福斯托对日本的历史和艺术知之甚少，他只知道其中最著名的一幅，但从未真正观察过它。现在他知道这幅画叫作《神奈川冲浪里》。仔细看后，才发现汹涌着的巨浪正在压倒三艘渔船。画面中央是一座被白雪覆盖的小小的火山——富士山。冷漠的雪山同前景中汹涌的海浪形成鲜明的对比。

福斯托翻到其他页，对西尔维娅说："给我讲讲这本书。"

"这是葛饰北斋一八三三年创作的，"西尔维娅说，"一经面世，就在日本取得巨大的成功，人们把这些版画挂在房子里。它们都是富士山的景色，但其实真正的主题是景中的日常生活。人们的劳作、四季的更替。至少我是这么认为的。"

"它们看起来很现代。"

"确实是这样的。和印象派画家一样，他的画作同样让人印象深刻。"

"这个葛饰北斋是个什么样的人？"

"他画了数千幅这样的画，就像漫画家一样，是个十分勤奋的人。他管自己叫‘画狂老人’。”

“画狂老人！”

“每幅风景画的标题都由地方名和场景描述组成。画中的人都是农民、渔夫、木匠，他们忙于劳作，没有注意到守护他们的富士山。有时，在他们头顶上的富士山会显得很高大；有时，出现在地平线上的富士山又显得格外渺小。在一幅画中，一些优雅的女士在茶室露台上指着富士山。在书的最后，有另一幅画，上面只有富士山，占了整整一页。”

“但这上面没有男厨师和女服务员。”福斯托说。

“没有？”

“也没有恋人。”

“不，我知道他们在那里。”

“这份礼物很好，谢谢。”

这是他们的最后一个夜晚。因此，他们没有回到丰塔纳弗雷达，而是决定去山谷里的酒吧。为旅游者开的酒吧空空荡荡，透露着难言的凄凉。福斯托和西尔维娅在加油站的棚子下找到了一家酒吧。山里人正在那里庆祝滑雪季的结束。他们脱下公司制服，口袋中装着最后一份薪水，接下来的六个月里，他们不用做血液酒精测试。空气中弥漫着欢乐的气息，西尔维娅开始在桌子中间跳舞。现在，福斯托明白了她说的“擅长参加派对”是什么意思了：西尔维娅如印度女人一般，挥舞着长发。男人们吹响口哨，酒吧里所有的目光都落在她身上。有人为西尔维娅点了两瓶啤酒，福斯托试图寻找买单的人。一个带着疯狂笑容的家伙从柜台边向他举起酒杯。

西尔维娅回到桌子旁，福斯托说：“派对结束了。”

“为什么？”

“因为现在所有人都要为其他人买一轮酒。这都是你的错。在我头晕前我先同你道个别。”

西尔维娅喝了口啤酒，双手捧住福斯托的脸，给了他一个吻。她大汗淋漓，因为跳舞和别人的目光兴奋不已，她有些醉了。

西尔维娅说：“这不是我们两个的结束，对吗？”

“不是吗？”

“不是。”

“我以为我们之间的故事持续时间只有一个冬天。”

福斯托说。

“什么意思？”

“我们只是为了从寒冷过渡到温暖。”

西尔维娅皱起眉头，扯了扯福斯托的胡子，以惩罚他这个糟糕的笑话。福斯托说：“你让我待在这里，你一个人跳舞，这样不太好吧？”

“我不是一个人。你看看有这么多人呢。”

“来吧。”

“不，不，我保证。”

“你想走了吗？”

“再跳一支舞，我好喜欢你。”

从小酒吧中传来音乐声。有人在外面抽烟，有人停下来加油。那些停下来的人，看到了聚会，就进到酒吧，喝上一杯。房子上方是一片黑黝黝的树林，隐约延伸到牧场的高度，那里的白雪映出月亮的光芒。

11.
空房子

四月的一个早晨，福斯托终于下定决心这样做：太阳还没从费内斯特拉山上升起，他就已经坐在汽车上准备启程。现在，一些草场开始从雪地里冒出来，露出苍老、灰白的草仿佛弄脏了雪的纯白。这些雪后的草就像从房子火炉中扔出的灰烬、开始发臭的成堆的粪便。再往下，人们点燃了草，草地燃烧起来，留下一片片的黑色。在高海拔度过一整个冬天后，福斯托对下到山谷时看到的景色感到吃惊：三村的积雪基本消失不见，一千米以下，草地开始恢复本来的颜色。在冷杉和落叶松林中，桦树、橡树、山毛榉、枫树和栗树郁郁葱葱，长势可人。房屋上的石头被砖瓦、甚至是混凝土所取代。在高速公路收费站，福斯托很自然地打开了收音机，刚好播放的是早上八点的新闻。

现在这一切都聚集在一起：山谷底、高速公路、卡车、早上八点、当天微不足道的新闻。福斯托离开山下的生活有一段时间了，但他依然对这个世界充满兴趣。他在高速公路的服务站停下来，只为了在卡车司机和通勤的人们之间喝上一杯咖啡。行驶在都灵-米兰的路线上，车窗外的罗莎峰延绵千里，最先看到的是田野和农舍，然后是购物中心和腹地工厂。“早晨工厂和道路上方的富士山。”他想。福斯托进入米兰的时候还不到早上九点半。他一直很喜欢阿尔卑斯山与他的城市间荒谬的距离。多少次，因为争吵后的一时冲动，或者只是想一个人静静待着时，他都会在最后时刻来到山上：只需要跳上车，两个小时后就可以到达。但此刻，他希望这两个目的地能够离得再远一些，旅途能更加漫长和复杂，就像十九世纪英国旅行者在日记中记下的关于火车、马车和骡子的故事。

等红绿灯时，福斯托想：“天哪，还真的都适应了。我还以为需要一个礼拜来习惯。”福斯托很自然地行驶在环城路上，在吉索尔法桥后转弯，又在平常的路旁找到了停车位。小区的广场上，送货的秘鲁人来来往往，闲散的阿拉伯人坐在户外的桌子旁，高瘦的非洲人在自助洗衣店外排着队。“人类世界就像丛林，”福斯托想，“海拔越低，物种越丰富。”

他走进黄房子的院子，院子里一边放着垃圾分类箱，一边放着自行车架。他拿出钥匙，打开大门，门口放着一张长椅和一些鲜花。福斯托已经准备好迎接悲伤的场景，但跨过门槛时，他的嗅觉受到了冲击：房子里并没有被遗弃的味道，家中独特而又神秘的气息依然存在。然而，家里基本没有什么家具，除了不值得拆除的厨房和多年来他们一直想要摆脱的沙发。几张海报和几个空架子挂在墙上。这房子有高高的天花板和大大的窗户，因为此前它曾是一名工匠的作坊。福斯托爬上之前留下来的铁梯，进入阁楼。维罗妮卡在楼上为他留下一卷黑色麻袋和一摞纸箱。她没有去动衣橱里福斯托的衣服，也没有碰书柜上的书。他的东西，她的东西，被整齐地分开，没有怨恨，就这样摆放在他们的卧室里。福斯托很赞赏这种关心，因为他看到了对尊严的渴望。

他收拾出一大堆东西，前往垃圾处理站扔掉，回来时去酒吧买了两瓶冰镇啤酒。当福斯托正要合上书箱时，维罗妮卡回家了。家里没有桌子、椅子、茶杯、玻璃杯，也没有烟灰缸。维罗妮卡只能靠在厨房柜台上喝啤酒，把烟灰弹到水槽里。福斯托坐在破旧的沙发上。他们互相打了招呼，在脸颊上亲了一口。但只亲了一侧的脸颊，而不是两侧。冷漠且不正式。有一次，福斯托从山上回来，维罗妮卡做的第一件事是脱掉他的衣服，让他去洗澡。此刻当福斯托亲吻维罗妮卡时，他记起了这一点，并为自己身上散发出的气味感到羞愧。他应该先洗澡的。

维罗妮卡问："你在上面怎么样？写作？"

"其实也没怎么写。"

"那你一整个冬天都在做什么？"

"当厨师。"

"当厨师？"

"在一家餐厅。你知道吗？那是个好地方。比其他很多工作都要好。菜单很简单。四道菜[①]总是一样。"

① 通常意大利餐有四道菜，分别为头盘、第一道菜、第二道菜（往往是主食）和甜点。

“真是让人意想不到。”

“我自己也没想到。”

“不过，你一直很喜欢做饭。”

“是的。”

“你不拿走你的工具，那些漂亮的锅碗瓢盆?”

“我不知道放哪里。你不想要吗?”

“我——”维罗妮卡笑了，“也许是时候学习做饭了。因为我讨厌在晚上点一些乱七八糟的东西。”

她喝了一口啤酒，露出修长的脖颈。六个多月不见，福斯托发现维罗妮卡真是一位四十岁的美人。现在，正是米兰女性开始脱衣的季节。福斯托刚从女人还用羊毛裹得严严实实的地方下来，此时，春天里女性裸露的肌肤深深打动了他。她们的手臂、脚踝、小腿，以及在衣物下能感知到的身形。维罗妮卡的身体比西尔维娅的还要成熟和饱满。当然，她还瘦了，不知道是因为平时不怎么吃饭，还是正在和别人约会。

“你还好吗?”福斯托问。

维罗妮卡耸了耸肩：“我有工作，他们付我工资。这年头，已经很不错了。”

“除了工作呢？”

“该怎么说呢？在这个地方，在这样的时刻，去想自己的人生。”

“对不起。”

“不过你对我帮助不大，唉。”

“你说得对。”

“你知道你妈妈每周给我打一次电话吗？”

“不，我不知道。”

“那你还记得她今年八十岁了吗？”

“明天我去看看她。”

“当你自己过着开心的日子，拒绝成长，依旧像个小孩随心所欲时，你有没有考虑过别人？”

这就是维罗妮卡。毫无疑问，她说的都是真实的、正确的。于是，福斯托继续向这个美丽的女人道歉，这个他曾经无数次为她下厨的女人。

12.
在异乡

第二天早上，福斯托在米兰市中心的一间工作室中再次见到了维罗妮卡。工作室位于米兰大教堂和商业广场之间铺着白色大理石的其中一个建筑。在这里，似乎只能看到律师、商人和公证人员。福斯托坐在一张椭圆形的桌子边，身旁坐着维罗妮卡、公证人、银行委托人、即将买下他们房子的女孩和为女孩付款买房的父亲。由于经济危机，房子的出售价格比之前买时略低了点。大部分卖房的钱款将抵偿他们两人在婚姻中的贷款。银行委托人的脸上露出不得不忍受阅读公证书的表情，女孩迫不及待地想要拿到房子的钥匙，只有女孩的父亲一个字一个字地认真听着。维罗妮卡只想尽快结束，而福斯托觉得自己好像在听他们的离婚仪式宣读词。“你，福斯托·达尔马索，愿意与这个女人断绝关系，不再与她分享你的生活，收回你拥有的一半财产，不再爱护她，不再关心她，把她从你的人际关系中解脱出来，不再与她有任何关系直至死亡将你们分开，你都不会再联系这个女人？”“是的，我愿意。”福斯托想，并在需要签字的地方签上名字。他希望那个女孩在新家中过得愉快，希望新家会成为女孩重要的地方，希望她会在那里度过最美好的时光。签完字后，女孩的父亲把装有支票的三个信封分别给了银行委托人、维罗妮卡和福斯托。福斯托把这装有八千多欧的信封塞进夹克口袋。除了汽车，这是四十岁的福斯托拥有的一切。离开工作室时，他一半苦恼，一半轻松。

“那么，再见了。”福斯托在街上同维罗妮卡道别。

“有些难过，对吗？”维罗妮卡说，眼中闪着泪花，“接下来你会做什么，马上回到山上去？”

“我还不着急。你想要一起喝杯咖啡吗？”

“不了，我要回办公室。已经很晚了。另外，还能说些什么呢？再见，福斯托，真的再见了。”

维罗妮卡亲吻了福斯托，这一次，是在嘴唇上。

然后，她转过身，沿着林荫道大步地走去。福斯托并没有急事要做，于是他目送着昔日爱人的背影一直消失在门廊下，淹没在人群中。

“也不知道何时会重返米兰市中心。”福斯托心想。于是，他决定在再次离开之前散散步。他几乎不再记得米兰大教堂、刚刚清洗过教堂前的大广场、维托里奥·埃马努埃莱骑马的纪念碑，平衡着哥特式怪诞大教堂的十九世纪和二十世纪的简朴建筑。他的脑海中浮现出海明威和那篇他读过无数遍的关于米兰的故事。“叫什么名字?《在异乡》，是的，就是这个名字。”“运河依然穿过市中心，一个老妇人在小桥上卖栗子，一个美国老兵在去医院的路上买了一些热乎乎的烤栗子装进口袋里。应该是在十月或者十一月。商店外挂着狐狸和鹿等野味。它们的皮毛被风吹乱，身体在风中飘摇。在医院接受完治疗后，士兵们会穿过广场，前往斯卡拉大剧院附近的科瓦咖啡馆，那里满是充满爱国情怀的女孩。”福斯托想到了这个故事的开场白：“秋天，战争还在继续，但我们再也不用去打仗了。”多么令人难忘的开篇。福斯托很想在他们的小房间里把这句话读给西尔维娅听。他曾锻炼自己大声背诵，并在写作课上用了许多年。当向学生解释这句话时，他谈到了治愈，谈到了同他人分享伤口，谈到了不可能完全痊愈，也谈到了故事中关于寻找到慰藉的可能性。现在，福斯托更愿意单纯地把《在异乡》看作是记录米兰一九一八年的故事。那个时候，市中心的商店里仍有野味在出售。他不会同西尔维娅谈论伤口和治疗，这会让人分神。他会说，在前线，战争仍在继续，但让别人去做吧，我们只管在口袋中兜着热乎乎的烤栗子，四处转转，为酒吧中的女孩提供点喝的。想到这里，福斯托感到口渴。他很高兴自己还记得米兰的街道。福斯托穿过拱廊街，来到了科瓦咖啡馆。现在的咖啡馆已经不在斯卡拉大剧院附近，而是位于蒙特拿破仑大街，在俄罗斯百万富翁的妻子或者他们的情人经常光顾的精品店里。福斯托在吧台点了一杯香槟，庆祝他最近得到的财富。“他刚刚离婚，卖掉了房子，”福斯托想，“独自一人喝着香槟，在早晨十点。”这里的酒保一定已经习惯了俄罗斯人的古怪行为，招待起福斯托来一点都不怯生。

13.
山谷的医院

当福斯托来到一家杂货商店购物时，听到了桑托索出事的消息。但村里人不知道桑托索到底发生了什么，只知道他在山上，直升机把他接走了。村里有传闻说，桑托索被压在了雪崩下。福斯托试图在报刊亭和酒吧里找到答案。福斯托四处询问，但对方都不清楚，他们也不明白为什么要同这个叫作桑托索的人扯上关系，还有面前这个提出不合时宜问题的厨师。也许是因为在城里没有得到任何回应，福斯托决定亲自出马。他不再去问，因为他确信直升机总是在相同的地方来回。

福斯托驱车五十公里来到一座现代化的省级医院，那里的路标很清楚，山脚下有一个非常大的停车场。在车上，福斯托就意识到，他甚至不知道桑托索的真正名字。不过，因为经常去看生病的亲友，所以福斯托有一定的经验。他谎称桑托索是他叔叔，这个叔叔肯定刚从急诊室出来，现在肯定在骨科。然后他用了丰塔纳弗雷达居民几乎都会用的两个姓氏之一。一次性成功。有一个叫路易吉·阿拉莫斯·巴尔马的男人躺在四楼。

福斯托找到了桑托索，或者路易吉·阿拉莫斯。桑托索的头上缠着绷带。手上也绑着绷带：臃肿的绷带就好像拳击手套一样，一直延伸到前臂中间。桑托索醒着，与其说醒着，不如说他时刻警觉着。

桑托索说："哦。看看谁来了。"

"路易吉！"

"你怎么来了？"

"我怎么来了？我来看看你。"

"你来看我？"

"你怎么样？"

为了化解尴尬，桑托索调整了姿势，背靠在枕头上。福斯托瞥了一眼同房的病人，是一位老人，身旁坐着一位中年妇女。女人也在看着他们，为了避嫌，女人转身继续照顾她的父亲，或者说，不知和她是什么关系的老人。

“我太蠢了，”桑托索说，“我弄丢了滑雪板，因为不想就这么丢了，于是我下去找。那里的山坡有些陡，我刚走到岩石边，石头就开始掉了下来。”

“是在哪里？”

“你知道瓦尔内拉吗？”

“我当然知道。”

“你知道我们安置雪崩屏障的山峰吗？”

“我知道。”

“就在那后面，一个什么都没有的地方。我在找山鸡。”

“然后你摔倒了？”

“不，我没有摔倒。如果摔倒的话情况会更好些。”

他抬起缠着绷带的手臂，看着房间的天花板，说道：“一听到石头掉落的声音，我就紧紧地靠在岩石上。头或多或少被保护了，但手臂还是伤得不轻。”

“该死的。”

“那种感觉就好像被拖拉机轮子碾压过一样，不过至少我还戴着厚手套。”

“你的手骨折了吗？”

“我已经不知道它们怎么样了。”

“头呢？”

“好吧，我已经不需要它了。”

桑托索的眼中还残存着当时的恐惧。他很虚弱，说话时上气不接下气。身上盖着被单，头发干枯、胡须散乱、脖子被太阳晒得黝黑，干净的白色绷带缠绕在他的双臂和脑袋上，看到这一幕，还真是令人震惊。然而，在惊讶之余，他似乎对福斯托的这次看望感到十分开心。说着说着，他恢复了一些精神。

“你花了很长时间才找到我吧。”

“其实，我不确定自己能不能找到你，但是我想……毕竟没有人告诉我究竟发生了什么。”

“没什么！不过他们以为我死了。”

“可能吧。”

“我感觉自己受到了很多的撞击。”

“事实上你确实遭受了很多。”

“风的撞击，福斯？你还记得在树林里的那天吗？”

“记得。你不会被打败的，你是美丽的落叶松，知道吗？你的手做过手术了吗？”

“要等它们不那么肿了才可以做。”

“是这样的。”

他们又聊了一会儿。一位护士进来给桑托索换药，福斯托觉得是时候说再见了。福斯托问桑托索是否还需要什么，并承诺过几天还会来看他。桑托索不习惯这种关注，他忘了表达感谢。不过在福斯托同他道别时，他还是深深地感动了。之后，他怀着同样尴尬的感激之情，把自己托付给护士照顾。

福斯托出去找医生，并且很快就找到了。那是一位六十岁左右的男人，由于户外生活的缘故脸上晒得黝黑，习惯说话简洁。他告诉福斯托，他以前见过这种伤势严重的手，发生在工人身上，当他们的双手卷进液压机底下时。现在，尚不清楚桑托索是如何使用双手获得救援的，他一定是在事故发生后，在自己的双手还能使用前，拨出了电话。他失血过多，因此在直升机上昏迷，医生已经为他注射了大量的抗生素和凝血剂。虽然排除了他的双手会恢复得和之前一样的可能性，但医生会设法让它们恢复基本功能。

医生还想说一些与骨科无关的事。他告诉福斯托：“巴尔马先生的整体情况可以被视为灾难性的。他患有酒精性肝炎、动脉硬化增厚，随时会出现局部缺血，甚至更坏的情况。这么多年，他没看过医生，没有验过血，这就是山里人的通病。”

医生开始用“他们”来代替“他”：“你也知道他们是怎么样的。他们吃那些东西，到了五十岁，血管里的脂肪比血液还要多。但他们也不会改变习惯。就好像这是不可避免的事情。”

福斯托点点头，不知道该说些什么。

“他不是你的叔叔，对吧？”

“不是。”

“那他有亲戚吗？”

“我不太清楚，我得去问问。”

“好吧，如果你找到他的亲戚，让他们来看看他。你是三天里第一个和我说话的人。之后我们把他送回家，必须有人帮忙，他的两只手都打着石膏，什么都做不了。”

“是的，我想也是。”

出了医院，在好奇心的驱使下，福斯托前去看了看山地救援直升机。开车到丰塔纳弗雷达需要一个小时，但直线距离其实并不远，五分钟左右就能到达。福斯托在停机坪上看到了机组人员，并认出了向导，他在那一带非常有名，叫杜福尔，曾经是一名职业登山者，来自一个多年在罗莎峰上当向导的家族，也是奎因蒂诺塞拉旅舍的经营者。虽然已临近退休，但他仍坚持在直升机上轮班工作。杜福尔似乎也认出了福斯托。福斯托一时恍惚，以为杜福尔是在二十五年后，记起了当年和父亲一起旅行的小男孩。但他的耳边却传来：“你是不是芭贝特的厨师？”

“是我。”

“那我知道你来找谁了。”

福斯托并不介意被称为“芭贝特的厨师”。正是因为职业，让人们在无数来来往往、使人混淆的面孔中认出你来。人们记不住小时候在同一座山里闲逛的你，或者是在远方因乡愁而悲伤的你，但他们记得你的职业。

杜福尔告诉福斯托，正是他接到了桑托索拨通的救援电话。他们两个认识一辈子了。桑托索在电话里详细地告诉了他自己所处的高度、能见度和具体的位置。在雪地里找到他并不难。当时的桑托索坐在一块岩石上，仿佛是在欣赏美景。当直升机到达时，他用商量好的信号举起双臂。但是，他的那双手确实让人无法直视。

福斯托将医生说的话转达给杜福尔，他没有提心脏和肝脏的病，仅仅谈到了桑托索的手，那双工人被液压机压坏时才会变成这样的手，那双用某种方式可以恢复功能的手。

“谢天谢地。”杜福尔说。

“还需要点耐心。”

“我也这么认为。”

“我能问你点别的事情吗？”

“当然可以。”

“去年冬天有个女孩在芭贝特餐厅工作。我想，也许她已经到了你们的旅舍。”

“是的，我们接到了她。”

“我很开心听到这个消息。”

“你觉得她能坚持吗？她不会在一个礼拜后逃跑吧？”

“不，不，她不会跑。”

“她叫什么名字？”

“西尔维娅。”

“哦，是的，西尔维娅。那你呢？”

“福斯托。”

“你下次也来看看我们，福斯托。”

“乐意至极。”

福斯托可以同像杜福尔这样的人聊很久，聊奎因蒂诺塞拉旅舍、罗莎峰、昔日的冰川，以及他周游世界时见过的所有山脉。但福斯托还是向杜福尔道谢，同直升机飞行员道别，继续为桑托索那个可怜的家伙寻找亲人。

14.
不法之徒

当无人看守丰塔纳弗雷达时，小偷就会出现在镇上。它从东边来，在天亮之前从费内斯特拉山口上来。现在，让我们来一睹它的真面目：那是一头孤独的狼，它游荡在山谷间，栖息在树林里，只有在迫不得已时才会在夜间穿过马路。那个时候，雪还结着冰，它稳稳地走在上面。所以当它到达山口时，除了在陡峭的地方留下的爪痕外，没有留下任何其他痕迹。它走过小教堂、走过曾经作为边界的干石墙，于黎明前的灰暗中眺望着小高原。

它嗅了嗅空气后发现，对那些地方，有一些遥远的记忆，一些传承下来的记忆。就像它坚定地遵守规则一样——站在高处、待在林间、夜间出行、远离房屋和道路。尽管它已经意识到，规则制定以来，有些事情已经发生了变化。镇上一定有人已经醒了。它闻到了火的味道，那是人类的气息，还有他们饲养的牲畜的气味。这些气味比它或它之前的同类被赶出那里时要微弱得多。

风改变了方向，抚摸着大山，给它带来了树林里的气息。它闻到了羚羊、马鹿和野猪的气味。野禽比之前多了许多，曾经它的祖先不得不花费好多天才能找到一只獾或睡鼠，这些食物无法喂饱它们，迫使它们总是去狩猎。现在，它的对手已经离开，留下了自由的田地。在树林里，猎物比比皆是，狩猎变得很容易。狼朝着风抬起了头，希望获得下面更多的讯息，现在它确认了：人类的气息正慢慢消散，某些人留下的痕迹已经不见。荒芜的田野、熄灭的烟囱，这似乎成了它在旅途中遇到的另一个无人居住的村庄。是的，对方已经失去活力。这并不意味着它没有危险，但足以让它冒险。也许旧的规则需要改变。

它还经历了另一种感觉，一种与饥饿、狩猎、恐惧、谨慎和计算无关的感觉。每一次，当它到达山脊，眺望一个新山谷时，这种感受就会油然而生。这是一种兴奋感，比马鹿和羚羊更能吸引它。这是发现的味道。

小教堂目睹无数的小偷、偷猎者、走私者和不法之徒经过。狼从山上下来，安静、轻盈地行走在坚硬的雪地上。开阔的田地间，它踽踽独行，直到再次在茂密的树林中找到新的庇护所。

15.
山里人的女儿

原来，桑托索有一个亲人——住在别处的女儿。桑托索没有给女儿打电话，直到对方发现出了事，他才不得不打给她。在接到父亲电话后不久，她还同福斯托通了电话。从她的声音很难判断出她的年龄。她向福斯托咨询了更多的信息，福斯托告诉她自己去医院看到的情况，并且也向她转达了医生所说的话。这一次，福斯托没有遗漏任何病情。女孩还问了其他的问题：她的父亲会残疾吗？他能不能继续工作？他有权领取养老金吗？她是从非常实际的角度看待这件事的。她说的是一种几乎没有口音的意大利语，只带有几个丰塔纳弗雷达当地方言的闭口元音，这是她无法摆脱的小缺点。对于拥有灵敏耳朵的人来说，这是山区生硬的语言。

“您是我父亲的朋友?”

“我觉得是的。”

“我知道你们是去年冬天认识的。”

“是的。我在滑雪跑道上的一家餐厅当厨师。”

“我妈妈的。”

“什么?”

“是我妈妈的餐厅。”

“芭贝特是你妈妈?”

“是的。但现在不这么叫了。”

在福斯托看来，之前的一切都变得如此清晰。桑托索从早到晚都去芭贝特餐厅，芭贝特待他同兄弟一般。和他们在一起几个月却没有意识到这一点，福斯托觉得自己很愚蠢。

女孩说:“看来您不是很了解我父亲。”

“事实上，是不了解。”

“但那些了解他的人并没有去看望他。”

福斯托不知道该说什么。他感到被一个小女孩打败了。

“不过，不管怎么样，还是谢谢您。我很感谢您。

现在我去看看明天的航班。”

“从哪里出发的航班？”

“伦敦。”

“你住在哪里？”

“我住在布莱顿。靠近海边。”

“你在布莱顿做什么，学习吗？”

“不，我在一家酒店工作。”

“有人去机场接你吗？”

“是的，您不必担心。”

挂完电话后，福斯托整个晚上都在回想这件事。桑托索和芭贝特是夫妻。那他们在一起多久，又分开了多久？他们的女儿应该二十岁左右。有这样的父亲和母亲，她有一定的个性也是合乎逻辑的。毕竟，她是革命者和山里人的女儿。

福斯托和维罗妮卡没有孩子。他们谈过几次，每次都把讨论生孩子的事情推迟到以后，然后，就没有以后了。现在，对他们来说，没有孩子，不知道是好事还是坏事。福斯托和维罗妮卡之间的故事，发生在很久以前，海边的一家旅馆里。一个有点像她的女孩，一个有点像他的男孩。福斯托想过给西尔维娅打电话告诉她最近发生的事情，但是这样的事情并不适合讲给她听。于是他放弃了这个想法。那个晚上，福斯托感到非常孤独。维罗妮卡曾同他说过什么？“不要变坏？”福斯托想起她为了不让他看到自己流泪匆匆离去时的背影。一个到了四十岁、没有家庭、没有工作的傻瓜，一个只知道追求“生活在让自己开心的地方”、坚信荒谬乌托邦世界的男人，算得了什么呢？只有一个人可以让他变坏，而且这个人也知道让他变坏的方法。福斯托把杯中剩下的酒倒入水槽，走向床边，努力履行不让自己变坏的承诺。

16.
歌中的路

“那我能吃啥？”桑托索问。

“豌豆。芸豆。鹰嘴豆。黄豆。”

“太讨厌了。”

“你知道的，具体还要看怎么烹饪。”

“肉呢？”

“鸡肉。”

“鸡肉不算肉。”

“鸡肉是白肉。鱼肉也是。烟熏三文鱼。鳕鱼片。”

“奶酪呢？”

“你还是忘了奶酪吧。”

“虚假的上帝。”

一个下雨的清晨，他们从医院回家。福斯托开着车，桑托索看着窗外。起初，他在沉思，当进入山谷时，他开始关注周围的一切。桑托索在医院待了整整三个礼拜，他告诉护士，自参军以来，他从没离开过家这么久。三个星期后，已是春天的景色：青草长出一大截，果树开了花，阔叶林呈现出绚丽的色彩，山上的雪又上升了五百米。

“我的山谷很漂亮，对吧？”桑托索说。他甚至没有注意到打在挡风玻璃上的雨滴。

“是很漂亮。”

“但还是有人离开这里。”

“你要了解他们离开的原因。”

“这里你开慢点。”

福斯托在占据行车道的牛群后放慢了速度。牛群要上到高山牧场，那是五月过渡的牧场。他们的汽车跟在一公里长的牛队后，牛群对雨水、挂在脖子上的铃铛、周围狂吠的狗无动于衷，还时不时地摇晃身体，甩掉雨水。

“你去米兰做了什么？”

“我把房子卖了。去看了一下妈妈。取回了书。”

“什么，你还有房子？”

“我和前妻各一半。现在我们都失去了另一半。”

“做得好。”

“我不知道。”

“那你现在打算怎么办，在丰塔纳弗雷达买栋房子？”

“别提房子的事情。我现在在找工作。芭贝特正在度假，但我还有房租要付。”

“也对。”

之后，牛群离开了柏油路，前往一片草地。当汽车经过时，一个打着雨伞、系着农场主围裙的大个子向桑托索打了个招呼。桑托索举起一只打着石膏的手，喊出了他的名字：“帅哥马丁。”桑托索，这个山里人，用他低沉的声音命名所遇到的一切，每一所房子、每一个村庄、每一个人、每一条河流和每一片牧场。“这是博尔纳芙蕾达，这是德雷罗塞草地，这是巴尔马斯，这是斯托尔托伙计，这是‘迷失自我’面包店，这是三村的‘美好时光’酒吧……”福斯托的脑海中浮现出查特文[1]关于澳大利亚原住民的那本书。书中的人们

[1] 查尔斯·布鲁斯·查特文（1904—1989），英国旅行作家、小说家和记者。这里的书是指《歌之版图》。

用歌曲而不是地图来记路。歌声记录沿途的一切：奇形怪状的岩石、孤零零的树木、某人的田野，旅行人一边学着唱歌，一边记下了道路。此时的桑托索正在歌唱回家之路，唱着他的山谷之歌。福斯托想，不知道他是否迟早也会真正地唱响这首歌。

“关于喝的，他们没对你说什么吗？”桑托索问。

“那他们没对你说什么吗？”

“没说什么。”

“你可以在用餐的时候喝一杯红酒。时不时还可以来一杯啤酒。”

“这还不错。”

“我倒是很想看看没有手，你怎么喝。”

“我会找到方法。”

经过三村后，他们转弯，朝着丰塔纳弗雷达的方向行驶。从那里往上，五月在一点一点地撤退，最终消失不见。海拔一千五百米的地方，落叶松还没有长叶，草地上的第一批番红花刚刚发芽，只有溪流已经涨满，汩汩地流淌。在最后一个拐弯处，海拔一千八百米的地方，雨凝结成了雪。

“西伯利亚。”桑托索说道。这是他歌曲的最后一句话。

“他们说现在是春天。”

福斯托把车开到房门口，桑托索的女儿正在那里等他。那是一个高大、健壮的女孩，五官同她父亲一样棱角分明，皮肤白皙，留着一头同她母亲一样的红发。记忆中，芭贝特的红是明亮的，是罂粟花的红，在灰色的风景中显得格外醒目。女孩为父亲打开车门，桑托索用两条胳膊搂着她的脖子，费力地下车。父女俩进了屋子，福斯托从车上卸下为桑托索买的豌豆罐头、芸豆罐头、大豆罐头和冷冻鱼罐头。

17.
明信片

谁也无法阻挡春天的到来。一到春天，万物都迫切地想要融化、开花、发芽，这是无法遏制的本能。丰塔纳弗雷达的喷泉溢出，融化的溪流在土路上留下沟壑，小径上的石头露出身影。太阳照耀着田地，唤醒冬眠中的蝰蛇。福斯托经过一个叫穆拉泽的地方时，碰巧看到蝰蛇在交配。蝰蛇，通常十分胆怯，在春天来临之际，却失去了所有的谨慎，越过它们十分危险。当发现蝰蛇缠绕在一起时，最好绕开，不要惊扰到它们。福斯托重新开始每天几小时的步行，就像他在秋天做的那样。他爬上还有积雪的地方，或者在受伤的树林里徘徊，在那里，马鹿和狍子在木桩上摩擦角，流出血、撕掉皮，让新的角长出来。

在那些日子里，福斯托重新翻阅西尔维娅送给他的那本北斋的书，那是属于他们两个人的秘密。书中古老的画面同他此刻从窗户看到的场景十分相似。在丰塔纳弗雷达，山里人正在焚烧杜松和荆棘，用耙子铲平成堆的鼹鼠挖出的泥土。杰玛拿起小刀去采菊苣：她独自一人来到牧场中间，每走两三步，就弯下腰，把割下的菊苣装满袋子。在那里，似乎所有人都忽略了凝望着他们的“富士山”。

福斯托在书的最后找到了葛饰北斋留下的唯一一段文字，上面写着：“六岁时，我就痴迷于摹写万物的形状；五十岁时，我的作品出版；但到七十岁，我还没画出值得一提的画作；七十三岁，我约略掌握草木虫鱼的结构；希望到八十岁能有更长足的进步；九十岁时能参透万物，一百岁时能达到炉火纯青境界；一百一十岁时可以信手拈来，画出栩栩如生的事物。我邀请全世界的人来验证，此言不虚。签名：画狂老人。”

芭贝特还没有回到丰塔纳弗雷达。餐厅外布告上的“假期停业”四个字越来越淡。福斯托想做一件很久没有做过的事。他拿起活页本和笔，坐在桌子旁，准备给芭贝特写信。他记得之前自己是多么喜欢写信，那是他的第一种写作形式。他曾给他爱的女孩寄过多少封信！福斯托用三页纸向芭贝特讲述了那个春天、维罗妮卡、米兰的房子，以及他在城里的日子中感受到的不解和挫败感。接着，他开始写发生在路易吉身上的事故，与她女儿的见面。女儿同芭贝特很像。福斯托在信中告诉芭贝特，虽然她总是抱怨，但在丰塔纳弗雷达，她确实做了一件了不起的事情，那就是拥有这么好的一个女儿，以及拥有一个对很多人而言是真正意义上的避风港的地方。当然，这个避风港对福斯托也是意义重大。在他人生中最艰难复杂的时刻，芭贝特接受他、理解他，对他有限的烹饪给予了尊重，在户外零下二十多度时让他在餐厅中感到欣悦。福斯托告诉芭贝特，在布里克森的描述中，芭贝特花了一大笔钱准备了那顿著名的盛宴，除了在巴黎待了多年的退休将军外，没有一个挪威乡下佬注意到他们眼皮底下的美食。那位老兵默默地吃着东西，因为他无法与其他人交流，他在心里默默地赞美：这个女人真是一名伟大的艺术家。仔细想想，这就是故事的与众不同之处：只要他们中有一个人看到了她，认出了她，如果世界上至少有一个人喜欢芭贝特的盛宴，那这顿盛宴就是值得的。

最后，福斯托写道："你怎么样？我们想念你。你何时回来？"

然后，他下到三村，来到报刊亭，要了一张丰塔纳弗雷达的明信片。报刊亭里的人从货物底下拿出一个大包，里面有一张印着复古照片的明信片。那是一九三三年的丰塔纳弗雷达，只有几栋石屋，没有街道，没有路灯，没有旅游别墅，没有芭贝特餐厅，也没有缆车，只有一个牵着牛前行的农民走在崎岖的山路上，还有群山。除了耕作的农田和干草堆，只有群山是永恒的。福斯托把信和明信片放进同一个信封中，在信封后写下他唯一的地址——芭贝特餐厅的地址。他希望芭贝特无论身在何处，都能够收到信件。她在一周后或者一年后收到信，又会有什么不同呢？他很高兴自己给她写了这些。福斯托贴上邮票，把信封投进报刊亭外的信箱中，预感这封信将踏上一段漫长的旅行。

18.
老木头

桑托索的房子位于镇上比较高的位置，外墙涂着白色的灰泥，面朝南方，阳光充足。这是一间农舍，或者说至少是这样设计的。干草仓仍在使用，牛棚却已成了仓库，里面堆满了工具，还有桑托索从树林中带回来的战利品和老古董。

“这真是一个神奇的洞穴。”福斯托说。

“或者说是垃圾填埋场。”

“以前这里是牛棚吗?”

“理论上是的。房子是我爸盖的，但是他讨厌牲畜，所以他一直是个泥瓦工。也许他希望我能够利用好这个牛棚，不过，正如你所看到的……”

“没有奶牛。”

“它们能做啥，有猎犬和牧羊犬就够了。每个人都应该按照自己的想法去做。”

“你用干草做什么？”

“我把它们卖掉，或者用来交换。另外，我还喜欢老木头。”

一大摞灰色的木头靠墙堆放着，很多木头上还包裹着粪肥，这种粪肥似乎已经在山里的废墟中存在了几个世纪。有些木头因潮湿而变形，有些木头上则布满了弯曲的钉子。

都是落叶松。就这么随意堆放着，让人看了很不舒服，但是如果清理干净，看到它们原来的样子，又会是另外一番景象。

桑托索不能用手来展现它们的美，于是用脚指了指。脚边的这块木头被洗得干干净净，里面的纹路清晰可见，灰色的树皮里面是鲜艳的红色。

“这是它的天然颜色吗？”

“其中一部分的红色是落叶松的，另一部分是它吸收的粪肥的颜色，但这个气味你已经闻不到了。”

“你用它来做什么？”

“我想做一张桌子。但现在我还做不了，所以它还要在那里待上一段时间，变老一些。”

福斯托闻到了那块木头的味道：气味很浓烈，但不难闻。木头上因为打过钉子而留下了斑斓的孔洞，每个洞里都是暗红色的晕圈，那是钉子留下的铁锈。

桑托索坐在他的木匠长凳上，清了清嗓子后说道：“也许我给你找到了一些东西。”

“什么东西？”

“一份工作。”

“和木头有关？”

“不是，是去林场。相关部门已经下定决心清理树林，他们正在组建队伍。我认识一些里面的人。”

“伐木队？”

“是的。”

“这和我有什么关系？我这辈子都没拿过电锯。”

“我想的是厨师的岗位。”

福斯托放下木头，开始专心地听桑托索说。

“伐木队，”桑托索说，“通常由十到十二个伐木工人组成，外加一个只工作半天的厨师。工地太远，他们不能下山吃午饭，最好有人在林子里给他们做饭。

早上，你就带着买好的东西上去，你会有野营专用炉、锅碗瓢盆，再带上你自己的东西。到了两点，你的工作就结束了。他们经常会招女厨师，但我同他们说了……”

“这真的太好了。”

“如果我没受伤，我也会去。你知道吗？他们给的酬金很高。而且是整个夏天。”

“整个夏天都在树林里。”

“做饭，你就负责做饭。”

“如果是这样的话，现在我就告诉你我愿意。”

“那我给他们打电话。”

成为树林里的厨师，这是丰塔纳弗雷达教会福斯托·达尔马索的两堂课。第一：总会有地方需要人做饭；会有人写作，但并不总是需要写作的人。第二：那个男人没有说谢谢，可能也没有表达过歉意，但他知道如何报答，这比语言更加有分量。

他们走进房子，桑托索的女儿已经泡好了茶。坐下后，福斯托立刻注意到了那只公鸡标本，它站在一根树枝上，树枝从墙上一块木板上伸出去。公鸡的脖子上是天蓝色的羽毛，同浑身的黑色交相辉映。它展开双翅，表现出战斗的姿势。

“是松鸡吗？”

“不是，是山鸡。松鸡在这里绝迹了。”

“我出去了，”女儿说，“我去取车。”

“玩得开心，宝贝。”

“再见，爸爸。”她弯下身子，在父亲的颧骨上亲了一口。

“不要太累了。”

“好的。”

“再见，福斯托。”

“再见，卡特琳娜。”

卡特琳娜是个不苟言笑的女孩，严肃而多疑，但至少现在她不再用敬语而是用名字来称呼福斯托了。过了一会儿，桑托索指了指福斯托身后的柜子和一瓶没有标签的酒。那是一瓶透明的酒，可能是一瓶烈酒。福斯托想，这一次他们可以喝酒来庆祝，他倒掉了茶，把酒倒入杯中，然后推到桑托索的面前。

“你有孩子吗？”桑托索问。

“没有。”

“好好考虑一下。我现在五十四岁。很开心有一个年轻人在身边。”

“我会好好考虑的。”

“你女朋友最近怎么样？”

“我女朋友？哦，不。她不是我女朋友。”

“太可惜了。她很漂亮。”

桑托索为自己报答福斯托所做的事情感到非常自豪，很愿意聊天。他用打了石膏的双手夹住杯子，放到嘴边喝了一口。这是一种训练过后的娴熟技巧。

“这是杜松子酒。我做的。”桑托索说。

“你会做杜松子酒？怎么做的，用蒸馏器吗？”

“用什么蒸馏器。我拿了没味道的伏特加，把杜松子放进去。试试看。”

福斯托尝了一口后，十分惊讶：那是杜松子酒，货真价实的杜松子酒，根本想不到是用这种简陋的方式制成的。这是一种在米兰市中心的酒吧里也找不到的绝好的杜松子酒。

“我很喜欢，因为它喝起来有树林的味道。”桑托索说。一饮而尽杯中的美酒，桑托索祝愿他的厨师朋友身体健康，这个不知道出于什么原因，他决定好好珍惜的假厨师朋友。

19.
人类的高峰

西尔维娅的确很漂亮。六月初，她乘坐一辆越野车，沿着罗莎峰西南的山嘴往高处行驶。杜福尔的儿子开着车，身旁坐着一个名叫帕桑·夏尔巴的人。“尼泊尔人。”西尔维娅想。之前她就听说有尼泊尔人在罗莎峰上的旅舍里工作。昨晚她睡得不好，梦无边无际，半睡半醒，让她心情郁烦。然而，此刻的她正准备开始一场伟大的冒险。半个小时的土路后，他们穿过滑雪场和关闭的缆车索道塔，从夏天的树林到达尚未开花的牧场，最终来到第一片雪地。“这里是法国，”西尔维娅想，“这里是比利时和荷兰，这里是丹麦、瑞典、挪威。”母亲也在昨日的梦里吗？西尔维娅依旧沉浸在思念母亲的情绪里。在挪威，雪地里布满了轮胎的痕迹，杜福尔的儿子不得不换到低速挡，设法继续转过几个弯道后，最终不得不停了下来，他所处的高度在理论上还远远低于终点的位置。

“终点到了。”杜福尔的儿子说。他们下车，来到清晨的户外，从越野车上卸下背包、冰爪、绳索，穿上棉袄。雾气包围着罗莎峰，在他们所处的高度，云层都变成了雾气。朝相反的方向，情况则恰恰相反。

杜福尔的儿子从车窗口说道：“都准备好了吗，多科？”

“我想是的。”

然后他对着西尔维娅说：“帕桑知道怎么走。如果你累了，就让他背你。”

“但愿不用。”

“那行，旅途愉快。扎西德勒。”

杜福尔的儿子操纵着方向盘，掉转车头，消失在山谷中。很快，引擎的声音也消散在风中。帕桑选了一双冰爪，在西尔维娅的脚边弯下腰：为她调整尺寸、钩住双脚，并替她系好。西尔维娅把脚伸向他，先是一只，然后是另一只，为自己不知道如何独立穿上冰爪而感到羞愧。

“这里还不算是冰川，对吗？”

“是的。但是最好穿上冰爪。”

“他叫你什么？多科？”

“这是我们之间的玩笑。多科的意思是背篓。”

“搬运工的背篓？”

“是的。”

“这就是你叫夏尔巴的原因？”

帕桑摇摇头笑了。他肯定已经解释过无数次，但这并没有让他失去耐心。他说：“夏尔巴是一个民族的名字，我们都这么称呼自己。”

“我太无知了。”西尔维娅向他道歉。

“我们这个民族，住在珠穆朗玛峰附近。许多人都做搬运工。我想这就是你感到困惑的原因。”

“帕桑是什么意思？”

“星期五。”

“星期五？”

“因为我是在星期五出生的。”他笑了，露出一口洁白的大牙齿，眼睛眯成了一条缝，“我只是一个在星期五出生的夏尔巴人。”

“你的意大利语说得很好。”

“不，说得也不好。那么，你的名字有什么含义吗？”

“树林里的女人。”

“西尔维娅，树林里的女人？”

“差不多这个意思吧。”

“这个名字很好听。”

之后，帕桑把绳子系在背包上，把背包放到肩上，向山口走去。雪结成了冰。西尔维娅立刻意识到了冰爪的用处。她默默地跟在帕桑身后，适应着他的路线和步伐。她明白这次攀登是一次考验，否则为什么不乘坐直升机呢？但自己的决定是对的，为了去山中旅舍，值得这么做。一千米以上的海拔落差需要冷静地面对，避免头抬得过高，也不要想还有多远。西尔维娅决定把注意力集中在她前面的帕桑的步伐上。随着有规律的步伐，西尔维娅感到自己的双腿逐渐地从麻木中恢复过来，心肺都找到了节奏。她整个春天都在训练。周围的雾气不再对她有敌意，她只专注于自己、帕桑和白雪。在层层的冬衣下，西尔维娅的身体开始发热、出汗。

在那种专注下，梦里的场景再次浮现。母亲告诉她不要去山中旅舍，因为家里需要她，西尔维娅同母亲吵了起来。她对母亲说：“所有教育人们要自由和勇气的故事只对别人有效，对我是无效的吗？”母亲则回答说：“但你要知道，留下比离开更需要勇气。”就是这句话总让她占上风，这让西尔维娅感到生气。梦里，母亲还是个年轻女人，她应该四十五岁，而西尔维娅觉得自己仍是个小女孩。

直到到达缆车的终点站，他们才意识到已经到了山口。缆车是一种干扰，一种强烈的干扰：设备丑陋的结构、安全网、土方工程、裸露而生硬的混凝土。帕桑一刻不停地前行，沿着山脊向北转，不久，路标在雪下消失了。西尔维娅有些迷失了方向。一方面，是因为那里刮着冷风，另一方面，是因为走得太快。昨天晚上，她还坐在火车里，穿过了夏天的城市和田野。现在，出现在眼前的却是冷风裹挟云朵的景象。她跟在帕桑身后，抬起眼睛，在一些缝隙中，有时会看到蔚蓝色的天空，有时会匆匆扫过岩石、冰块和山峰。那是一些她不认识的山峰。雪地里有一串脚印，可能是小山羊的，也可能是北山羊的。这些脚印的方向同他们前行的方向相反。她又一次想道：“如果是我独自一人上山，我一定会迷路。我会在雪和雾之间徘徊到深夜，然后我的生命就结束了。”

帕桑注意到西尔维娅落后了，或许他已经决定休息一会儿，于是把背包放在一块避风的岩石下。他们已经走了将近两个小时。

“我们进展不错。”帕桑说。

“这里海拔多高？”

“三千米。可能更高一点。”

“那么这里是北极圈。”浓雾中依稀可见他们脚下的两个山谷：冰迹、湍急的白色流溪、草木稀疏的旱牧场，一切都在他们脚下。

“我从来没有站在这么高的地方。”西尔维娅说。

“从来没有？”

“海拔三千米的尼泊尔是怎么样的？”

“是农村。有稻田。”

“在三千米高的地方种植水稻？”

“是的，然后在更高的地方种大麦。”

帕桑拧开保温瓶的盖子，往里倒满了茶。他把茶递给西尔维娅，而不是自己喝。西尔维娅不知道他这样做，是出于职责，毕竟他们把她托付给了他，还是仅仅出于好意。

茶很美味，又热又浓，加了不少糖。那个人，他的脚步、他的说话方式、他的茶水，都足以让西尔维娅心安。

“你上过珠穆朗玛峰吗？”

“上过几次。”

“登上过珠穆朗玛峰顶？”

“只登顶过两次。其他时候都是在山顶下面。开展一次探险，需要很多不同类型的工作。”

“比如？”

“你想来尼泊尔工作？”

“说不定！”

“有人把材料带到大本营，这是一项艰苦的工作，但并不危险。有人固定绳索和梯子，为了那些准备攀爬冰川的人，这很危险，因为可能会有雪崩。然后是高海拔地区的搬运工，这非常危险。当然，还有厨师。”

“总是会有厨师的，对吗？”

“对我来说，厨师是最好的工作。又安全，又温暖，吃得又好。但那些登顶珠穆朗玛峰的人，薪水最高，还可以成就一番事业。”

“你是为了成就事业，所以来罗莎峰工作的？”

“也许是吧！”

西尔维娅的背包里装着干果和巧克力。帕桑不客气地接过巧克力，掰下一大块。这让西尔维娅感到很高兴。他们又喝了一口茶，在天气变得太冷之前，重新起身出发。

从那里开始，就是一片石子堆。那是被风吹走的雪中的岩石。在他们下面，是许多小小的凹地，结了冰的湖泊看起来像一个个小水坑。山脊开始变薄，坡度越来越陡，直至成为一个岩石的山顶。他们开始寻找固定用的绳索和钢制楼梯，西尔维娅很开心可以活动自己的双手，这可以防止她分心，不会迷失在自己的思绪中，也不会因为让母亲失望而深感愧疚。她对岩石的了解多于白雪。

帕桑说："不远了。"

"很有意思。"

"你会爬吗？"

"我以前爬过一点点。"

"那我们就这样走？"

"好的。"

西尔维娅跟着帕桑走了一段几乎垂直的台阶和绳索。一座小木桥就建在山顶上，用来跨越岩石之间的距离。这是一条陡峭的通道，上面铺着平坦但倾斜的石板，就好像是半空中的滑梯。也许，起雾是幸运的。雾隐藏起悬崖，让人在这样的情况下只看到过桥的困难，而这个困难是可以马上解决的。但帕桑看到了他不喜欢的东西。

"也许我应该把你绑起来。"

"在这里？我们不是快到了吗？"

"是的，但情况不是太好。我们还需要多花几分钟。"

西尔维娅不想争辩，但她有种被贬低的感觉。那个山顶没什么特别的，她在多洛米蒂山上经历过比这更严峻的情况。西尔维娅希望帕桑可以继续信任她。至少她希望自己来打结。她穿上安全带，拉紧它，拿起绳子的一端，打了两个八字结，然后等着帕桑穿过通道，在岩石凸角处固定好绳索。

“过来吧。用好冰爪。”

只有当站在倾斜的石板上时，西尔维娅才注意到覆盖在上面的是薄薄的一层冰。帕桑是对的，这个冰层在这里很危险。冰爪在几毫米厚的冰上才能发挥作用。西尔维娅果断而迅速地通过了那里，她很感激自己被安全带绑了起来。帕桑只在另一条地方重复了这个操作，那是一条被坚硬的雪覆盖起来的通道，他不得不用冰斧挖出台阶。其余的时候，他们都一起前行，直至到达山顶的尽头。幸运的是他们到了，因为三千五百米的海拔让西尔维娅感觉不适。她感到混乱、虚脱，看着自己的手和脚在没有知觉的情况下活动。

奎因蒂诺塞拉旅舍终于出现在冰川边的高台上。作为一个北极基地，它看起来并不难看：一座大型建筑，形状像侧倒的梯形，其中一面覆盖着太阳能电池板。旧的木屋要更高一些，那是一间真正的属于拓荒者的高山小屋，从悬崖峭壁上露出棚顶。在新旅舍前的平台上，高高的石头堆上悬挂着经幡，随风飘扬。周围散落着其他较小的石堆。彩色的经幡为那个潮湿多雾的早晨带来了些许欢乐。

直升机停机坪上，杜福尔正从袋子里分拣物品。那是充足的物资，一箱箱啤酒和葡萄酒，一包包卫生纸和其他需要的用品，搬运它们是一项大工程。

“哦，多科。”杜福尔的儿子，那个向导说，“见到你真好。”

“你好，老板。我们到了。”

20.
伐木工人

在树林里，没有尼泊尔人，取而代之的是贝加莫人、瓦尔泰利纳人和摩尔瓦多人，他们说着带有贝加莫或者瓦尔泰利纳口音的意大利语。福斯托前往工地。工地在数百棵标有红色印记的树木间。这些被标记的树木有的断了，有的弯了，有的生病了，还有的存在倒塌的危险。福斯托的耳边是伐木工人的叫喊声。甚至电锯也有自己的语言，一个月后，福斯托就能辨别出来：斯蒂尔牌的声音、胡斯克瓦那牌的声音，切开树干一侧的声音，锯断另一侧的声音。其中一把锯子的发动机声音听起来比较生硬，仿佛有人把燃料混合错了。接着，锤头打在楔子的敲击声取代了伐木声。紧接而来的是伐木工人“倒下去”的喊声。福斯托停了下来。他听到了树木断裂的嘎吱声，一种促使人寻求庇护的恐怖的声音，最后是倒地的碰撞声。好在六月已经浓密的树冠减弱了树木倒地的声音。现在，福斯托看到了树倒下的地方，离他不远：在那些剩下后、依然站立的树木之间，一片之前不存在的天空打开了，太阳照亮了底下的灌木丛。

福斯托到了做饭的集装箱房子里，从背包中取出新鲜的面包和杂货，把沿途收集来的落叶松树枝堆在四块发黑的石头中间，拿起一张报纸，揉成一团，点着火，塞到树枝下，一直待在那里吹气，直到火焰变得非常旺盛。长在树上的苔藓须子干了以后，点起火来比纸还好用。福斯托非常喜欢落叶松在火中燃烧的气味，那是儿时的夏日气息，总是能够勾起他对家的思念。

“厨师到了。”一个工人闻着空气中的味道说。

“你好，厨师！”另一个声音从远处传来。

福斯托走到水管前，往大铜锅里装满水，放到石头上。他在集装箱房子里点燃煤气灶，煮了咖啡，在火前喝了一杯咖啡后，开始投入工作。树林、火焰、咖啡、汽油、电锯尾气，是早晨的气味。今天是什么日子？六月下旬的一个星期五，穿衬衫刚刚好。他想知道在塞拉旅舍中的西尔维娅会不会冷，她能不能用自己喜欢的方式洗头。不知道她是否还会每晚清洗秀发，也不知道她会发明出什么方法在海拔三千五百米的地方弄干它们。然后他想起，就在一年前，炎热的米兰，他和维罗妮卡发生了激烈的争吵，维罗妮卡可能一个人睡了，也可能没有，他并不清楚。他们大汗淋漓地争吵着，因为福斯托不想在家里装空调。“我讨厌空调！”福斯托说。“我的天，”维罗妮卡回答，“天气一热，你就往山上跑，一有问题，你就往山上跑！”而如今，物是人非，人们的生活总是快速地发生改变。福斯托喝完咖啡，开始削土豆皮，切洋葱和培根，将刚从屠夫那儿买的、用纸包好的牛肉切下牛排。

伐木工人和缆车工人的口味相同，总是喜欢吃意大利面、肉和土豆，但福斯托热衷于做出改变，为了让自己更受喜爱。那天他做了“马里奥土豆”。“马里奥土豆”出自里马里奥·戈尼·施特恩写的故事：把土豆放进锅中煮到糊状，用融化的黄油煎四个切碎的洋葱，然后把煎好的洋葱放入土豆中。与此同时，福斯托在炉子上炙烤撒上了迷迭香的牛排。煮完土豆，大铜锅重新派上用场，十一点四十五分时，福斯托把两公斤的意面扔进锅中水煮。接下来还需要发出吃午饭的信号，贝加莫人告诉他要准时开餐。“L’è dura！”十二点，福斯托大喊，意思是“玉米粥”，虽然那天的主食是培根蛋酱意大利面。他沥干意大利面，放入煎得焦黄的培根里。电锯一个接着一个安静下来，就好像它们也闻到了饭香。

尽管外面阳光明媚，伐木工人们还是选择在集装箱里吃饭。这些在户外工作了八小时的人压根不介意在室内就餐，反而很悠闲地把腿放在桌子下。那天，桑托索也过去了。最近，他刚从手上取下石膏。如果不是因为外科医生做手术留下的伤疤，他的手看起来会和正常人的并无二样。但当他想要使用它们时，才发现这双手能做的事情很少。桑托索在伐木工人中能找到慰藉。当福斯托端上牛排和土豆时，无意间听到他们在讨论工伤事故。他们讲到，失控的树木倒在错误的一侧，会像陀螺一样一边旋转，一边倒地，或者以某种不可预测的方式从地面弹起后，撞到他们的头部和背部。然后，这些放松的伐木工人，心情愉悦，神情舒展，过分惬意地舒展着自己的腿。事实上，午饭后，他们没有马上砍树。福斯托端来咖啡，把一瓶茴香酒放在桌上。谁想喝就可以倒点在咖啡里。桑托索费力地为自己倒了一整杯，然后，在其他人叼着牙签起身离开、懒洋洋地回去工作时，他走出集装箱，坐在将要熄灭的火堆前。

桑托索还不习惯看别人工作。伐木工人堆起树枝，修剪树干，以便用拖拉机拖走。福斯托烧掉了纸盘子和餐巾纸，把最后的一点热水倒入大锅中，加入少许清洁剂，卷起袖子，开始擦洗。

桑托索捧起一把散落在四周的刨花，举起他那只可怜的手放在鼻子底下，说道："这是一把刀片钝了的电锯。"

"哦，是吗？"

"从刨花上可以看出来，刨花越薄，刀片越钝。"

"我明白了。"

"你知道这是什么气味吗，福斯？"

对福斯托来说，这是树脂的气味，新鲜树木的气味，令人陶醉的气味。它从落叶松的树桩、成垛的树干和铺满地面的刨花散发出来。晚上，福斯托脱掉衣服甩掉这气味，早上又穿回前一天的衬衫同时把气味也穿在身上。但他想听桑托索说，于是问："不知道，你说的是什么气味？"

"是砍伐树木的气味。"

"很好闻，对吗？"

"不好闻了。你知道我有多久没闻到了吗？将近四十年。"

"刚好是我的年纪。"

"天知道我还能不能再闻到。"

"保持下去，你的状态比我好。"

在路上，他们遇到前往山里牧场的农场主。一个开着拖拉机和拖车的农场主停了下来，询问福斯托能否为篝火晚会取些树枝。福斯托想起今天是什么日子了：六月二十九日，圣彼得和圣保罗日。在有些山谷里，篝火是为圣乔瓦尼日而点燃，不过那是庆祝夏至日的篝火，比庆祝圣徒日的历史要早得多。

"我不清楚。"福斯托回答，"我得问问。"

“当然可以，”桑托索又说，“您拿吧，拿吧。放在那里就会烂掉的东西，还要谢谢您帮忙搬走。”

农场主装满了整辆拖车，摇摇晃晃地向他的牛棚驶去。

21.
篝　火

那天晚上的十点后，六月漫长日落的尾巴终于消失在山头。牧场上成堆的木头、一摞摞的树枝、纸箱、托板、饲料袋和旧轮胎都被倒上了汽油，然后点火。桑托索看到篝火一个接着一个亮起，在海拔两千米以上的地方，黑黝黝的山坡上亮起闪闪发光的火焰，每一团火都在争相成为最闪亮的、燃烧得最高的那一簇。桑托索数着篝火的数量："五个、六个、七个。"火焰一会儿变弱，一会儿又随着风再次亮起。即使是像他这样的人，面对那样的场景，都无法无动于衷。这些篝火表明，山上还有人，生命仍在延续，以防山下的人们忘记。

桑托索在晚间出去散步，这样可以减少他喝酒的时间。在数月的虚弱后，他的手终于可以稍微活动了，但腿的情况并没有好转。他不得不慢慢地往上走，选择最平坦的路，时刻注意心脏的跳动，他们告诉他要重视心脏。同福斯托一起从医院回来后，他有生以来第一次感受到海拔高度带来的变化：心脏好像要从喉咙里跳出来，呼吸急促困难，虽然他不会向任何人诉说这种糟糕的情况。唯一可以倾诉的人已经离开了丰塔纳弗雷达，甚至没有留下她的地址。

现在，夏日最后的一丝光芒也消失了，天空一片漆黑。远处的篝火只剩下灰烬，星星倒是发出了一些光亮。桑托索向来不喜欢用手电筒，因为他觉得，更多的是让别人看到你，而不是让你看到这个世界。另一方面，如果给双眼留够充足的时间适应，它们就会变得更加敏锐，能捕捉到新的映像和轮廓。那天晚上，桑托索看到了溪岸边的一具羚羊尸体。这是冬天雪崩经过的地方，山坡上仍然残留着雪崩后的痕迹。桑托索想："那是一只受到惊吓和不知所措的动物，被积雪掩盖，春天到来，它成了狐狸和乌鸦的食物。"他凑上前去仔细观察，从羊角上看，这只羚羊大约十岁，是个老家伙了。然后，他意识到羚羊被开了膛，但应该就在不久前，内脏还在，离尸体只有几米远。这只羚羊可能是在这天被杀死的。捕食者挑出了令它讨厌的肠子，把肠子移走，然后回来继续吃掉它的心肝肺。但捕食者在进食美餐时被打断了，或许是因为某个人的到来，那个人该不会是自己吧？桑托索环顾四周，黑暗中，他只看到岩石和溪流的反光。

“你到了这儿。”他想，“很好，就是这儿。这个世界，有人离开，有人回来，不是吗？有人捣乱，有人收拾，也有人出门狩猎。世界属于接受它的人，我猜。”

再过一天，羚羊身上什么都不会剩了。所以，桑托索也想拿走点什么。也许是那对漂亮的黑色羚羊角。曾经，桑托索只需要用力挤压、弯曲和拉动，空心的羊角就会从骨头底座上掉下来，因为那里只有一些非骨头的组织支撑着。现在他的手指只能刚好抓住羚羊角。桑托索用左手稳住羚羊的头，试图用右手扯下羊角，但很快他就发现，手指从羊角上无力地滑开了。

22.
夜猫子

那天晚上，西尔维娅的闹钟在三点响起。事实上，她并没有真正睡着。怕吵醒同房间的杜福尔的女儿，西尔维娅关掉了闹钟。她从床头柜上拿起头灯和牙刷，穿上裤子和外套出门。从羽绒被的温暖到海拔三千五百米零下几度的寒冷，伴随着永不停歇呼呼刮着的山风，西尔维娅感到难以适应。卫生间里弥漫着一股浓烈的公厕、氨水、工业除臭剂的气味，但至少那里的风减弱了不少。它只使得金属板振动，尽管她褪下裤子蹲下时，仍然感到风从蹲式厕所里吹来。下水道不过是冰川上的一根管子，倒流的寒气迫使她以最快的速度收拾完。她用冷水刷完牙后，洗了脸和耳朵，取下头灯，站在镜子前仔细地看着镜中的自己。“你看你都有黑眼圈了。”西尔维娅想，“你知道现在几点了吗?”在一个月的时间里，身处这么高的海拔、睡眠紊乱、风吹日晒，她的脸看起来像老了十岁。

当她从厕所出来时，冰川正在闪闪发光。它收集了星空的光芒，并把这份光重新归还给了黑夜。独自面对这样的景象，西尔维娅仿佛置身于一个天体，一个永远被风吹着的星球。那里没有其他的声音，是一片寂静完美的白色沙漠。往山下看去，是两千米下村庄的灯光。那里是古老的蓝色星球。西尔维娅油然生出一种强烈的思念之情。她可以分辨出路灯、路上少有的几辆车和加油站。她想，就在不久前，山下的村庄里，伴随着餐馆的音乐声，年轻人还在广场上进行娱乐活动：喝啤酒、抽烟、聊天。在那颗古老的蓝色星球上，那个嘈杂喧闹的星球里，夏天才刚刚开始。西尔维娅又一次感到寒冷，于是回到了屋里。

到了厨房，她把锅放在火上，坐在炉子旁取暖，然后脱掉了风衣。水烧开的时候，她吃了几块饼干。她在山下买到福斯托的书，其中有一则讲述了一个男人和一个女人在别人的婚礼上决定分手的故事。西尔维娅觉得福斯托写得很好，尽管写法上有些矫揉造作，有模仿之前她读过的作家的嫌疑。在这里和山下，她感受到内心试图发出一个声音：去仔细地观察关于爱情的小真理。她想象着一个比现在更大胆的福斯托，一个不再那么讽刺和充满怀疑的福斯托。福斯托的故事里有啤酒、高速公路、公路上的服务站、香烟，但没有群山。想到福斯托的人生中竟然没有出现山，西尔维娅感到很奇怪。

四点左右，西尔维娅把一整盒茶包扔进锅中，加了至少半公斤糖，然后用勺子和漏斗把茶水舀进保温瓶。有人启动了发电机，厨房里的灯亮了。这时，帕桑进来了，他又困又冷。

“你在黑暗中工作？”

“是的，更加安静。”

“有茶？”

“是的。如你所愿，加了很多的糖。”

“糖永远不够。”

“说得很对。”

楼上开始响起起床铃声，天花板咯咯作响。最先起床的是那些准备出发横穿利斯卡姆峰的人，他们的脸上露出辗转反侧几个小时睡不着后的疲倦。只有向导在面对这些“吃人”的山峰前，才能安然入睡。他们吃过早餐后，用德语、波兰语、荷兰语聊了几句，然后把保温瓶放进背包。在门厅，他们裹紧衣服，为登山做好准备。来到露台上，穿上冰爪，系好安全带，两三人一组，从冰川上出发，一排排的光灯在黑暗中远去。

那个点，所有人都起床了。前往纳索山的登山者、前往卡斯托峰的登山者。最后起床的是少数哪儿都不去的人，他们本想多睡一会儿，却被喧嚣声吵醒。杜福尔的女儿也下来了，她叫阿里安娜，今年三十岁，从小就在这里过夏天，山中旅舍于她而言就像是家庭餐馆。但她也研究并去过印度和尼泊尔。冬天，她是一名瑜伽老师。和阿里安娜一起，西尔维娅有种被保护的感觉。

“头还痛吗?”阿里安娜问。

“好一些了。”

“我喝完咖啡，给你搭把手。”

“不着急的。”

"你去过卫生间了吗？情况如何？"

"悲惨而沉重的夜晚。"

阿里安娜接手后，西尔维娅就可以出去透透气。现在，外面已经亮了，但罗莎峰的东峰遮住了初升的太阳，冰川仍然笼罩在阴影中，透着天空一般的湛蓝。只有在山顶，海拔大约四千米的地方，黎明才突然照亮了山峰。西尔维娅看到，最早的登山者已经出现在阳光照耀下的费内斯特拉山上。布满一代又一代登山人因使用冰爪而留下孔洞的阳台上，冰川上最后的生物——高山麻雀和黑色乌鸦正停留在上面。它们啄着木板上的碎屑，它们带着惊恐的神情，羽毛因寒冷而膨胀起来，天知道是何种本能驱使它们飞到如此高的地方。

帕桑提着水桶和抹布从厕所出来，这只是他们轮流要干的其中一项工作。没被轮到的时候，西尔维娅都会特别感激。但帕桑似乎总是心情很好。

"帕桑，我能问你一件事吗？"

"当然可以。"

"你登顶过那么多次，肯定知道他们为什么要去那里。上面有什么?”

“有风。”

“风?”

“有雪。”

“然后呢?”

“也许还有太阳。当没有云的时候!”

这个夏尔巴人笑了起来。他虽然两次登上珠峰,但不可能从他嘴里索取到任何与哲学有关的东西。同他交谈,世界上的一切似乎都简化成:水桶、抹布、风、太阳、雪。

最后一批登山者终于在七点的时候离开。现在可以休息一会儿了,阿里安娜喊西尔维娅吃早饭,她打开收音机,摆上一张两人小桌、一杯牛奶咖啡、一块蛋糕、一点音乐。那个友善的女孩,让这个“北极基地”成了像家一样温馨的地方。

“八十九个人,今天早上,”阿里安娜说,“他们吃饭,上厕所,然后出发。”

“对啊。”

“说实话,这是不是同你期待的不一样?”

“是的，但我很开心来到这里。”

“你发誓。”

“我发誓。有点为我感到骄傲，对吗？你知道吗？我时不时会想，如果我妈妈能看到我……”

“你妈妈是个怎么样的人？”

“她曾是怎么样的人……她已经去世了。”

“哦，对不起。”

“不，没事的。她是一个开朗的女人，两年前去世了。”

“她生病了吗？”

“生病了一段时间。”

“她生前做什么工作？”

“是一名老师，在中学教意大利语。小区的孩子都记得她。幸运的是，他们中的有些人还有所成就。”

“那你呢？”

“这让我很嫉妒，我经常捣乱，就为了让她注意到我。”

不知出于什么原因，西尔维娅开始向一个刚认识不久的女孩讲述这个故事，在早晨七点，罗莎峰上的一个山中旅舍中。可能是因为海拔的影响，也许吧。外面的光线改变了颜色，此时，第一批登山者正在斜坡上向四千米高峰发起进攻。

23.
树　沼

太阳从帕洛特峰和文森峰后出来。在漫长的夏日里，阳光拍打着冰川。覆盖在冰川上的雪层一天天变薄，露出裂缝、冰塔和灰白色的冰带，下午时分又蒙上一层水雾。它现在只是一个正在退缩的古老冰川，但在鼎盛时期，也曾非常宏伟。人们不仅崇拜它，还对它充满畏惧：山口因为不再通行而被废弃，山谷在成为传说中的失落天堂，那些冒险前往的人不幸坠入谷底。没有人知道，冰川守护着多少死去的人。据说，它需要将近七十年的时间才会把那些被它夺走的东西还回来：当登山者死去时，他们既年轻又强壮，在登上某座山峰的路途中，失足跌倒丢了性命。当他们的孩子变成老人时，会从冰雪中露出一只破靴子、一把木冰斧，还有一些掉落在更下面的老物件。罗莎峰上满是十字架和写有名字、日期，甚至照片的铭牌，为了纪念那些死者，每年夏天，一位神父会上山，在高海拔的墓地里做弥撒，祝福山中旅舍、它们的看守人、上山的登山者，同时做祷告，为那些再也不能下山的人。

七月的一天，福斯托也找到了自己的圣地。它位于三千米处的一个洼地，最先融化的溪流在这里交汇，形成一个树沼，周围隆起的花岗岩由于冰川的移动变得平滑。冰川退缩到了更高的地方，位于小瀑布穿过的岩石地上方。在树沼中，一些冰川漂砾因为某种坍塌活动，被推动着滚落山谷，以某种奇怪的姿势插入泥土中。

那个地方既不在地图上，也不在福斯托的记忆里。三十年前，上面全是冰川时，父亲曾带他来过这里。福斯托感到冰川退缩发生在最近，因为巨石上还没有长满苔藓和地衣，沙子也没有成为肥沃的土地。只有几株先锋般的青草开始在那里生长。福斯托意识到，他正在观察地球上一块刚刚被阳光照到的土地，一块尚未被人类命名、尚未在任何一张地图上标示出来的土地。

再往上走一点，是老的露营地，那是桶状的金属屋，福斯托把背包放在里面。露营地空无一人。游客笔记本上的最后一条记录，可以追溯到三天前，上面写着："幸好，还有这个被遗忘的地方。"露营地的整个空间被六张悬挂在墙上的床、中间的一张小桌子和一个小储藏室所占据。人们会在储藏室留下一些为后来旅行者准备的物资。现在离吃晚饭还有些时间，福斯托换了件衬衣，把原先那件湿透的衬衫铺开，铺在外面被阳光照得温热的金属板上，用一块石头压住，以免被风吹走。然后，他关上露营地的门，又回到了之前的凹地上。

走在树沼地里，福斯托看到一些他叫不出名字的蝴蝶，青蛙在淤泥中产下成堆的凝胶状的卵，雪雀停下来喝水。福斯托想着自己是如何凭感觉来到这个地方的。也许是因为它位于冰川的前面，也许是从冰川中喷涌而出的湍流，也许是融化后的水呈现出的金属般的色泽。有一次，福斯托和父亲一起计算水的流量，计算每分钟、每小时、每天融化多少冰，最后算出的数字在当时的福斯托看来是完全不可能的：冰川怎么可能以那样的速度融化并且始终保持不变呢？也是从那时起，福斯托相信冰川是永恒不变的，它是山的一部分，在岩石和天空之间总能找到它的踪影。而父亲早已洞悉正在发生的一切。“有些东西消失了，有些东西会取而代之，”父亲说，“就像我们的世界，对吗？我们总是在怀念过去的事情。”

“是的，爸爸。”他想。在这个地方，在阳光还能照耀的最后几个小时里，福斯托思念着已逝的父亲。

24.
两颗心和一间小木屋

西尔维娅看到福斯托风尘仆仆、满身大汗地来到山中旅舍。他把睡袋卷在背包上，穿着绿色格子衬衫，显得十分年轻，比西尔维娅记忆中要英俊许多。冬天的时候，她从没觉得福斯托帅气，只是觉得当时的他很痛苦。但那是西尔维娅喜欢的男人类型。现在的福斯托看起来很不错：也许是因为夏天的到来，也许是因为他走了两天路，也许是因为他睡在露营地里，也许是因为他可以从丰塔纳弗雷达的小小事业中抽身，步行来到塞拉旅舍见她。在攀登完四千米高峰后回来的登山者中，西尔维娅本能地亲吻了福斯托。现在是午餐时间，她没有时间寒暄，但她吻了他整整一分钟，用牙齿、舌头、手和身体的每一个部位。登山者们欢呼起来。

“这是一个货真价实的吻。”福斯托说。

“你之前在哪里？”西尔维娅问。

“我在树林里工作。”

“哦，是吗？等一下告诉我。你饿了吗？”

“快饿死了。”

“进来吧。”

中午时分，旅舍里熙熙攘攘，到处都是走来走去的人。福斯托认出了客厅、墙上的老照片、厨房、汗水和旧木头的气息。与童年相比，有些事情发生了变化。曾经，这里都是说着意大利语、法语或者德语的中年男人，每个标志都会被翻译成罗莎峰通行的这三种语言。现在，这里挤满了年轻人，是你可以在世界上的各大都市里看到的人类，甚至连标志都只用了英语。

西尔维娅把福斯托安排在一张靠窗的桌子旁，给他端来一盘鸡蛋奶酪意大利面和半升葡萄酒。

“我现在有点忙，”西尔维娅说，“一个小时后，我就会来陪你。”

“好的。这里的厨师怎么样？”

“是个尼泊尔人。做面食的高手。”

“你很漂亮，你知道吗？”

“不，我不漂亮。我的头发一团糟。”

福斯托一边吃着，一边观察着就餐的人，并透过窗户观察从冰川上返回的登山者。他们半解开衣服，一瘸一拐地走着，一脸兴奋。他们中也有爱出风头的人、疲惫不堪的人。有人在厕所后面呕吐。一位穿着红色毛衣、戴着徽章、经验丰富的登山向导带着三个互相扔雪球的孩子回来。你看，孩子们还是会来这儿。他倒了一杯因为三千五百米的海拔高度而价值翻倍的葡萄酒，那是巴贝拉酒，但让他感觉像是波特酒。福斯托看到西尔维娅在大厅对面收拾好桌子，回到厨房，同一个女同事聊天，然后那个女同事看着福斯托笑了。福斯托猜到了她们谈话的内容，也朝她笑笑，向她脱帽示意。就连端着三盘意大利面的知名导游杜福尔在经过时也认出了福斯托。

“哦，”杜福尔说，“你到了。”

“是的，从家里步行过来的。”

“你家在哪里？”

“丰塔纳弗雷达。”

“天哪！你不是有车吗？”

“唉，我在山下用完了汽油，到这里受了点苦。”

“吃吧，吃吧，不够还有。”

福斯托用面包擦干净剩下的已经融化了的奶酪，给自己倒了最后一杯酒，然后靠在墙上，放松下来。透过窗户，他看到下午时分聚集起来的云层。葡萄酒、温暖的旅舍、升腾的雾气、疲惫的双腿。福斯托坐在那里，几乎快睡着了。他闭上眼睛，感觉同从前一样。但现在比过去更好，因为中间有他的记忆。“这就是旅舍应该有的样子。”他想。当山中旅舍看护着属于你的东西时，它会变得更有意义。

西尔维娅拉着福斯托的一只手，把他从半睡半醒的状态中唤醒。结束工作后，她把福斯托带到自己的房间，锁上门，脱掉他的衣服。这对丰塔纳弗雷达的恋人终于能够重新开始因为冬天结束而被打断的情愫。西尔维娅发现福斯托瘦了，肌肉更发达了，晒黑了一半，身上散发着树脂的气味。福斯托发现西尔维娅受了不少苦，这让他变得温柔。他觉得自己必须照顾好这个最近被折磨的身体。西尔维娅任由他抚摸。

过了一会儿，西尔维娅说："我不知道自己过得怎么样。这是一个绝美的地方。但是真的很辛苦。"

"我知道。"

"当我下到缆车的地方买面包时，我总是停下来看看长在下面的小花。你知道那些长在苔藓上的小花吗？你在山脊上看到过它们吗？"

"是的，我见过它们。"

"可它们是如何在海拔三千五百米的地方生长的呢？当我看着山谷时，它们是那么绿，那么有生机。对了，你身上有树林的味道，真好闻。"

西尔维娅闻着福斯托的脖子和胡须，当她闻的时候，福斯托闭上了眼睛。在他看来，这是他枕靠过的最柔软的枕头。他说："你知道吗？这个星期我砍倒了人生中的第一棵树。"

"哦，是吗？"

"伐木工人很喜欢我。他们总对我说：'试试吧，厨师！'他们给了我一把最漂亮的电锯和一棵最小的树，那是一棵弯曲的小树。"

“你成功了吗？”

“是的，这并不难。”

“你喜欢砍树吗？”

“一点都不喜欢。我想我太脆弱了，不能成为一个山里人。”

“为什么这么说，你想成为山里人？”

“是的。你不想？”

西尔维娅把一条腿滑进福斯托的双腿间，把他拉到自己的身边。她以这样霸道的方式紧紧地抱住福斯托，并牢牢缠绕住他，就好像对方是一条可以盖在身上的毯子。福斯托太困了，任由她摆布。

西尔维娅说：“对不起，我太需要人的热量了。”

“没关系的。”

“我太冷了，当不了极地探险家。”

“这样好点了吗？”

“好一点了。你睡了？”

“不，我不睡。”

但是，过了一会儿，福斯托就睡着了。西尔维娅还想多聊几句，但福斯托平静地打起呼噜，这又有什么关系呢？西尔维娅将额头靠在他的太阳穴上，闭上眼睛。她也总是感到疲惫。就这样，他们连续睡了两个小时，外面雾气升起。房间里，是西尔维娅乱糟糟的头发和福斯托身上散发出的汗水、木屑和葡萄酒的气息。

25.
救　援

当福斯托和西尔维娅在楼上睡觉时，一对年轻男女来到楼下的柜台前找负责人。杜福尔正在检查设备的电池，因为那天的太阳能板接收不到太阳。过了一会儿，他不得不启动柴油发电机。看到有人找他，杜福尔把工作放在一边，听着那两个刚从卡斯托峰下来的年轻人说话。年轻人告诉他，他们在山顶遇到了一个男人，他孤身一人，上了年纪，大概六十岁左右。那个男人告诉他们，他每年夏天都会走这条路线，他对这条路了如指掌。这对年轻人是第一次登顶。他们刚刚结婚，正在度蜜月。在卡斯托峰山顶，他们拿婚姻开起了玩笑，男人说他嫉妒男孩，因为他的妻子已经很长时间没有同他一起上山了。男人还称赞了能干的女孩，说他看到女孩登山的速度是如此之快。过了一会儿，男人重新启程。他说："我们会再见的，等下你们会在下山的路上追上我。"年轻夫妻又待了十五分钟，吃了点东西，拍了点顶峰的照片，然后起身，看到雾气升了起来。事实上，雾升起的速度很快，已经将他们包围在山顶。他们加快了下山的速度，仿佛在高速公路上前进。但他们再也没有遇到那个男人。所以他们期待在塞拉旅舍碰到他，但他不在这里。"也许他已经走了。"男孩说。女孩说："不过，最好还是告知你一下，应该这样做，对吗？"

"是的，应该这样做。"杜福尔说。他用抹布擦干净手，心想："我们得上去一趟。"

他去查了前一天晚上的客人登记册，发现只有两个单人预订。一个是荷兰人，另一个是意大利人。杜福尔给意大利人打电话，但电话打不通。理论上，会有很多种原因。但实际上，从来没有一个人会和爱人一起跑到瑞士，然后把手机扔进山的缝隙中。福斯托又打了几个电话，两个年轻人还在那里听他打电话，杜福尔也不想他们离开。杜福尔同时给缆车终点站打了电话，给附近的另一家旅舍打了电话，以防那个男人因为大雾从另一边下来。他又打给直升机中心，让他们在确定情况后随时准备出发。但杜福尔明白，那天不可能搞清楚发生了什么事。最后，他看向大厅。人群中有一位年轻的登山向导，他很聪明、行动果断。福斯托把向导、那对小夫妻，还有正在洗锅的帕桑叫到厨房，重复了刚刚听到的事情，然后问那两个年轻人："他的穿着？"

"我不记得了。"男孩说。

"他穿着一件黄色风衣，"女孩说，"头发和胡子发白，戴着一顶蓝帽子。"

"你们试着上去看一下，"杜福尔说，"直升机暂时来不了，也许过会儿可以。"

在午后软塌塌的白雪中，帕桑和向导以闪电般的速度出发了。杜福尔看着他们消失在离旅舍二十米外的雾气中。他待在厨房里，那是唯一远离人群的僻静之地。在窗户前，可以俯瞰冰川和雾气。现在，他什么都做不了，只能等待。

"你们找个地方坐下，"杜福尔对年轻夫妻说，"可以喝点茶。"

“我觉得那个男人应该已经下山了。”男孩说。

“有可能。但愿如此。”

“我们不应该叫山地救援队吗？”

“是的，我就是山地救援队的。”

男孩感到有些尴尬，坐着不再说话。女孩则取来两个杯子，用勺子从锅中舀出茶水。

等待的时候，杜福尔想：“六十岁，独自去山顶？这会是谁？为什么我一点印象都没有？”

“所以，你们是来旅舍度蜜月的？”杜福尔说。

“是的，我们考虑了很久。”女孩说。

“你们去了哪里？”

“去了大帕拉迪索山，然后到了这里。下一个礼拜，我们会去多洛米蒂山。”

“很好。一点点阳光。有冰就够了，对吗？”

杜福尔又拨打了两次那个无人接听的号码，查看了瑞士气象服务，信息显示一直到晚上都是阴天和低压。人们走进休息区，杜福尔想，应该重新进行排班。另外，晚餐又该准备点什么呢？

三刻钟后，帕桑用对讲机打来电话。他说：“老板，这里有下滑的痕迹。”

“你们在哪里？”

“在半山腰。你们知道滑下去的方向吗？”

“是的，一直是那个地方。”帕桑和向导花了三刻钟的时间走完了优秀的登山者需要花两倍时间走完的路。

“他朝哪个方向下滑，朝向我们还是瑞士？”

“朝向我们。”

“你能看到他掉下去多深吗？”

“我看不清。”

杜福尔一边朝着对讲机讲话，一边望向窗外。他也什么都看不清。帕桑的声音从浓雾中传来。

“我们试着下去，老板。”

“冰螺丝带了吗？”

“带了，带了。”

“不过要小心！”

事实上，杜福尔不需要告诉帕桑怎么做：那个夏尔巴人是他见过的最好的向导。他严谨、敏捷，永远保持冷静，而且强壮如牛。当杜福尔在尼泊尔第一次见到他时，帕桑正背着八十公斤的重物行走在喜马拉雅山附近的冰塔间。帕桑凭借着本能，就可以找到前行的路。杜福尔对自己说："我要把他带回塞拉旅舍，他价值连城。"

"有痕迹？"女孩说，"但是为什么我们没有看到？"

"我当时就只希望不迷路。"男孩说。

"这很正常，"杜福尔说，"你们已经很棒了。"

帕桑说："老板，我已经到岩石边了。"

"滑落的痕迹还有吗？"

"到这里结束了。我想他掉下去了。"

"你能下去吗？"

"是的，我试试看。"

倒不是那道斜坡有什么特别之处，杜福尔所担心的是，如果幸运，那个人会摔断骨头，但还活着。不过可能性很小。通常的情况是，他会摔得很严重，不幸离开了人世。

然后帕桑说："我找到他了，老板。他死了。"

"你在哪里？"

"在岩石底部。"

女孩一下子哭了出来，男孩脸色苍白。杜福尔说："你怎么知道他死了？"

"显而易见。"

"你离他多远？"

"很近，我就在他上面。"

"你能到他身边吗？"

"我想可以。"

杜福尔拿着对讲机等待着，女孩在他耳边啜泣。不让他们走是错误的。他们的蜜月毁了。这时，帕桑的声音传来："我到了，老板。他的头摔在了岩石上。"

帕桑在山上见过太多的死亡，看到男人的尸体，他并不震惊。杜福尔还记得喜马拉雅山上的死者。他们在海拔八千米的地方发起高烧，因为虚弱停了下来，或者倒地不起。严寒将他们留在山上，没有人将他们带走。冒着生命危险去把死人抬下去有什么意义呢？杜福尔想起在去坎琴佐加保护区的路上碰到的一个日本人，他坐在一块巨石上，风吹掉了他身上的白雪，脸上只有一层冰霜，他就这样坐在那里，整整一年或者两年。

“我要把他拉上来吗，老板？”

“你下了多少高度？”

“可能有两百米。如果你同意，我可以把他拉上来。”

是的，杜福尔并不质疑帕桑的能力。捆吊起一具尸体，并把它从两百米的斜坡上拉起，帕桑肯定做得到。杜福尔想起了那个女人，那个不再同丈夫一起上山的妻子。此刻，她也许正在家里享受着安宁，可是这样的安宁还可以持续多久呢？“多么糟糕的工作，”杜福尔想，“为什么这个冰川没有彻底融化呢？这样我们就可以把事情解决了。”

杜福尔说：“他的背包在吗？”

“在的。”

“你看看口袋，找找里面有没有什么证件。”

“有一个钱包，还有一只手机，但是坏了。”

“把东西都拿上。回来吧。”“我把他留在这儿？”

“是的，你回来。明天，我们让直升机把他带回来。”

“好的。”

“你注意安全啊。”

对讲机安静了下来，杜福尔看了看时间。已经是下午四点了。现在除了安排晚饭外，还有其他事情要做，还有另外的电话要打。

杜福尔对年轻人说：“你们去休息一会儿。一定要下山吗？愿意的话，今晚也可以住在这里。”

男孩说：“该死的，为什么他不和我们一起走？为什么我们没有告诉他，让他和我们一起走？”

“你们已经做得很好了。”杜福尔说。

女孩哭了起来。

26.
芭贝特的回信

这是福斯托在丰塔纳弗雷达收到的第一封信，他花了点时间查看白色信封背后的姓名和地址。七月下旬的一个傍晚，福斯托在屋前草坪的干草堆上读这封信。正值打包干草的季节。干草被翻了个身，午后的太阳把它晒得干干的，夏天的空气中弥漫着干草的芳香。

信是手写的，上面写着：

亲爱的福斯托：

我现在暂时不会回去，因为我在这里很好。这里的海是绿色的，有一只黑色的鸬鹚把下面的岩石当成了家。我从今早就一直在观察它。我觉得，新的风景能带给你新的气息，这是我很久没有过的感受。习惯了的风景，会给你不同的感觉，熟悉感，或者是压迫感，但你不会留意这样的感觉，除非你离开后回来，或者看过新的风景。然后你会感到有点伤感，回想起你刚来时，眼睛看到的都是全新的风景。但随着时间的推移，一切归于熟悉；好的，坏的，都是如此。人类的坏品味不再令你讨厌，高贵的土地也只是司空见惯的陪伴。

但我也认为，只有习惯了，人才能清理掉所有的情感，真正看清一切。感情是有色眼镜，它会欺骗我们的视觉。你听过禅宗关于山的说法吗？他说："在参禅之前，对我来说，山就是山，水就是水。当我开始修行时，山不再是山，水不再是水。当我修行完成后，山还是山，水还是水。"我想你和我都能很好地理解这个小故事，因为我们赋予那个地方太多意义。意义就在田野、树林和石屋之间。当山对我来说意味着自由时，我甚至在吃草的牛群身上都看到了自由！但山本身没有任何意义，它只是一堆石头，长满了草、有水流淌着。现在于我而言，山又回到了最初的模样。

但是，但是，你知道吗？我很高兴现在你在那里。有人曾经对我说，在我来之前，丰塔纳弗雷达是个悲伤之地。没有人是自愿去那里的，这给了丰塔纳弗雷达一种敌意和被抛弃的感觉，是我的一些善意让这个地方重新变得温暖。我很开心听到这样的话，但不知何时起，丰塔纳弗雷达也变成了另一个笼子。“如果你不在！”他们对我说。好像我有义务要照顾它一样。我想，你的到来让我松了一口气，因为我看到你恋爱了。当然，我仍然爱着丰塔纳弗雷达，我知道无论发生什么，我都会把它交到好人手中。

你找到另一份工作了吗？很抱歉我让你陷入困境，但有些决定是出于本能而做出的。你要好好的，亲爱的福斯托：不要喝太多，不要因为生命中掉落的树枝而感到内疚，不要错过那个美丽的女孩。你是一个很出色的厨师，我从没告诉过你吗？你是我遇到过的最好的厨师。

爱与和平。

伊丽莎白·芭贝特

27.
失落的城市

福斯托不得不努力克服酗酒和内疚的问题。但整个夏天，他都会去西尔维娅身边。他的精神状态很好，不到两个小时就可以上山，一个小时就可以下山，有时候他会在工作后离开，只为了在晚上陪伴她，同她一起入眠，然后第二天再回到树林里。福斯托很喜欢这个想法：去北极看望女朋友！缆车售票员习惯了他在关门前到达。那时，登山者坐在对面的缆车中下山，他则朝着反方向上山。缆车不再发出噪声。寂静的下午，福斯托独自一人，伴随他的只有脚下熟悉的路、他所有的记忆和意义。微弱的阳光下，湖水仿佛变成了一面平静的镜子，几只北山羊突然发现那个时刻还有人出没，受到了惊吓。它们从躺着的岩石上起来，一只公山羊对着他喘气。福斯托已经越过石头地，背着大包，走在为登山者建造的山路台阶上。如果他抓点紧，还能和向导们喝上一杯开胃酒。他总是想着为塞拉旅舍带去面包、报纸、新鲜水果和蔬菜。如果他看到有需要，还会在厨房里帮忙。晚上，阿里安娜搬到另一个房间。杜福尔早就不让他付钱了。

福斯托的到来给那里带来具有感染力的快乐。一天清晨，西尔维娅被说服去冰川上转转。他们在旅舍后面那块被厨房窗户照亮的石地上做准备。两人穿上冰爪，系好安全带，相隔十米。福斯托绕了几圈绳子，卷起放在肩上。当他们出发时，天已经亮了。沿着罗莎峰道路两侧的路灯一一熄灭。

但福斯托不是帕桑，他是为他的比赛而出发，西尔维娅试图在身后跟上他的步伐。半个小时里，她什么都没做，只是盯着蓝白色雪中他们留下的痕迹，或者把他们绑在一起的绳索。有时候绳子拉得太近，有时候绳子又松开太多，但福斯托从没有转身进行检查。就好像这是一个无声的约定，福斯托只负责往前走，而西尔维娅需要确保他们之间的绳子拉紧的同时又不能太紧。不过西尔维娅状态还好，她已经适应了高海拔，也不觉得冷。塞拉旅舍前长长的小山坡帮她找到了节奏。她几乎没有意识到已经穿过了两个大裂缝。他们绕过了其中一个，通过一座结冰的桥穿过了另一个。西尔维娅的双腿前进着，心肺开始调节，呼吸也有了规律。

然后，福斯托停了下来，取下背包，他为自己拿出一把破冰斧，也为西尔维娅拿出一把。

“一切都好吧？”

“我想是的，你觉得呢？”

“你受过训练。”

“看你说的，我一定是接受了擦地板的训练。”

“那是你的旅舍，看。”

西尔维娅转向山谷，她看到远处的奎因蒂诺塞拉旅舍，发电机发出蓝色的烟雾，窗户在清晨的薄雾中被照亮。他们已经超越了登山队。小斜坡的路程结束了，现在，他们前方的斜坡变得更加陡峭。整个岩壁仍处在阴影之中。

“你想喝点茶吗？”

“现在不用，谢谢。”

"那我们马上出发?"

"好的，我刚热完身。"

"这样，左手拿着破冰斧，右手抓住绳索。这里会有点难。放轻松，好吗?"

"好的，我相信你的冷静。"

斜坡小路是一连串在冰面上凿出的台阶。台阶很高，几乎到了西尔维娅的膝盖。她先抬起左脚，然后是右脚。如果把破冰斧插进山的一侧，那么本来因为在平地上显得太短的冰斧就会变得恰到好处。在道路改变方向转向左边时，西尔维娅模仿福斯托，换了只手拿破冰斧。她明白，这就是方法。小路蜿蜒曲折，是为了适应陡峭的斜坡。她想起登山季开始，每当下雪时，杜福尔或帕桑都会来凿冰。有两个年轻人停在半路上休息，让他们先过，后面那个年轻人弯着腰，喘着气，前面那个说："下周去海滩！想想那些穿泳衣的女孩!"

"是的，但最好没有你。"另一个说。

西尔维娅没想到在攀登结束时，太阳会照到他们身上。阳光、清晨的天空，以及在他们面前突然打开的地平线，朝向其他的冰川和山峰的方向。他们继续在山脊上前行，越过一山峰后，出乎意料地下到一个宽阔而宁静的高原上。福斯托在分岔路上停下步伐：面前有两条路，一条向西，通往卡斯托峰；另一条向东，通往利斯卡姆峰。两座都是人们愿意跨越大半个地球慕名攀登的著名山峰。一座巨大的冰川朝向北方，在罗莎峰对面向下伸展，比他们刚刚攀登的冰川要大得多。

“那是费利克山？”

“正是它。”

“所以我们已经到海拔四千米了？”

“是的，有一会儿了。在你面前，请允许我向你介绍这里的王者——戈尔纳冰川，德语是 Gornergletscher。”

“好巨大，它通往哪里？”

“通往哪里？通往罗纳河、日内瓦湖，然后到里昂，往下一直到普罗旺斯。”

“天哪。”

“在这里，我父亲总是和我说：‘如果可以的话，你现在就试着区分一下罗纳河的雪和波河的雪。’在他的世界里，总是会出现分水岭的故事。”

那里，是的，就是失落的费利克城。西尔维娅人生中第一个四千米。在他们脚下，阳光刚刚照到的山谷仿佛融为一体，蓝色星球再次开始运作，在他们周围，冰冷的恒星闪耀着光芒。罗莎峰的山顶好像被剑砍过一般。登山者在山上清晰可见。一切都是那么清楚、纯粹，西尔维娅开始以另一种方式理解帕桑给她的答案：雪、风、太阳。

“现在几点了？”西尔维娅问。

“七点。现在该去喝杯卡布奇诺了。”

“那我们下山？”

“好的，但这次你走前面。”

“我还想在这儿多待一会。”

“下一次吧。现在请记住：重心向后，用力把冰爪后跟插入冰里。”

“等一等。”西尔维娅说。在踩下脚后跟之前，她在霸道的登山组长嘴上亲了一口。冰爪成了阻碍，绳索纠缠在一起，罗纳河的雪和波河的雪融为一体。

28.
酩酊大醉

桑托索把它称为“大扫除”，尽管现在已经不再是春天。他和女儿吵了一架，孩子的母亲坚持不回来，福斯托重新回到了山上，留下他独自一人。事故发生四个月后，他系鞋带还很费劲。于是他决定采取亲爱的老办法——扫除一切，这也是一种古老的消遣方式。他拿起一个杯子，装上一半杜松子酒，装上一半丰塔纳弗雷达的水——直接从冰川上流下来的圣水。八月的下午，桑托索逐渐失去了时间感。他也记不清如何搭配混合酒，有时他加了太多的水，有时则加了太多的杜松子酒。但是，杜松子酒总是那种很好闻的杜松的气味，可以冲走他灵魂中的斑斑锈迹和厚厚污垢。前夫、前森林护卫队员，现在可能也是前压雪机师傅，有破熨斗一样的双手，还有阻塞血管的脂肪。只有杜松子酒才能清除掉被叫作“桑托索”的“路易吉·阿拉莫斯·巴尔马”的一切，就像爱尔兰的古代僧侣一样。据说，那个僧侣从他的绿岛下来，成为了山中的隐士。隐士，为什么不呢？桑托索向窗外望去，发现如果把杯子举到合适的高度，就可以看到倒映在杜松子酒中的群山。又喝了一杯后，他对目前的处境也有了新的看法。他在杜松子酒中看到，所有的“前任”都成为了解放的前提。没有婚姻、没有制服、没有薪水，他也可以过得很好。“给我一把电锯和一块种土豆的地，我就可以凑合过了。”他能干的女儿已经断了他的烟，但她不知道抽屉里还放着托斯卡纳雪茄。在他看来，现在正是抽它的最好时机。桑托索的解放者，隐士的守护神。“给我一个山洞、一个岩洞，我会建造起干石墙。”然后，他吸了一口托斯卡纳雪茄，嘴里混杂着烟草和杜松酒的气味。

就在这时，他看到了那只经过防腐处理挂在墙上的山鸡。他放下杯子，取下山鸡标本，来到午后的阳光下。此时，游客们看完风景，走在归来的路上，孩子们在田野里玩耍着滚球。桑托索设法抓住一把锤头，把山鸡标本钉在屋前落叶松的树干上。来到阳台上，桑托索评估着刚才的工作。酒杯重新到了手中，牙齿间叼着托斯卡纳雪茄。“你自由了，小山鸡，自由飞腾吧，去找隔壁山谷的霸道公鸡打个架，去找一只漂亮的小母鸡，然后生一堆的小鸡。”桑托索不明白，为什么三十年来他从未想过要给它自由，他觉得现在把山鸡放在那里很正确。几个穿着背心的金发女郎正穿过草地尽头。她们要去哪里，甚至连声招呼都不打？如果不是因为金发女郎，他不会产生下一个想法。“哦不，”桑托索想，“你根本没有自由。你将永远被钉在落叶松木桩上。就像我这个老家伙一样。”

他回到屋里，走进牛棚，再次出来时，手里拿着一把 12 号口径子弹的枪。装满子弹的双管猎枪。“来看看我是不是还老当益壮。”桑托索一边想，一边开合着右手，活动手指。“嘿，小山鸡，还记得这把枪吗？和上次打你的那把是一样的。”桑托索用肩抵住双管猎枪。他必须闭上一只眼睛才能瞄准，所以现在只能看到眼前的两只公鸡中的其中一只。右手的食指扣下扳机。“砰！”射出12号口径的子弹。“砰！”八月中旬的两声枪响一直传到下面的山村，吓坏了的母亲赶紧跑去把孩子们从草地上拉回家。

29.
一堆石头

八月假期的后几天，两个女人来到奎因蒂诺塞拉旅舍。她们雇了一个向导，陪她们花了一整个上午和下午的部分时间慢慢爬上去。她们没有登山的计划，只是想去旅舍。到达塞拉旅舍后，她们让向导离开。向导跑着去搭乘最后一趟缆车，她们则去找自己的房间。在电话里，她们曾问过是否有带浴室的双人间，这是她们问的其中一个问题，不是最荒谬的，但成了西尔维娅在厨房里的笑话。但显然，那两个女人已经适应了上下铺，铺好床单和被子，回到大厅喝茶。其中一个女人盘着灰白的头发，穿着圆领毛衣；另一个女人一头金发，双手捧着杯子取暖，戴着耳环，脚上穿着旅舍提供的橡胶拖鞋，显得很不协调。西尔维娅一下楼就注意到了她们。“那两个女人是谁？”她心想，打了个哈欠，系上围裙，说道："星期五好。"

"你好，树林中的女人。"

"晚上吃什么？"

"番茄意大利面或蔬菜泥，第二道菜是牛肉土豆泥或者菠菜饼。"

"什么时候吃达八[①]？"

"九月！"

"整个九月吗？"

旅舍中挤满了人。晚餐分两批进行，一次在六点半，另一次在七点半。西尔维娅要到九点后才会有喘息的时间，当登山者的胃得到了满足，工作的节奏才会变缓。吃完后，有些人出去看冰川和星星，有些人一边喝着饯别酒，一边打着牌，很少有人会坚持检查第二天的登山装备。西尔维娅再次注意到了那两个女人：杜福尔现在和她们一起坐在桌旁，拿着地图解释着什么。除了登山向导，西尔维娅还没见过杜福尔和

---

① 达八，尼泊尔的一种传统食品。它包含豆汤、米饭、咖喱马铃薯、炒挂菜等饭菜，类似套餐。人们多用手直接抓食。它是大多数尼泊尔人的主食之一，被誉为尼泊尔的国民美食。

其他人坐在一起。这两个女人到底是谁？灰白头发女人似乎更乐意参与讨论。金发女人翻看着旅舍的笔记本，眼睛通红，神情恍惚。然后，西尔维娅明白了。从那天起到现在已经过去了一个月，成百上千的登山者来过这里，但她知道，笔记本上没有什么可以看的，卡斯托峰上摔下来的那个男人甚至没有留下他的签名。有人会写满整页；有人默默地来过，从不留下任何痕迹，仿佛不想被人打扰。杜福尔依然在同她们说话，西尔维娅收拾好桌子，准备明天的早餐。马上就到关闭发电机，让所有人上床睡觉的时刻了。

“妻子是那个金发女人，”阿里安娜在房间里告诉西尔维娅，“另一个是她的朋友。”

“有人死的时候，总是这样吗？”

“几乎总是这样。迟早会有妻子或者孩子到来。如果是父母亲来，就更让人难过。”

“你的父亲，真的很了不起。”

“他不得不学习这些。”

“我母亲去世时，牧师来了。可我一点都不想见到他。”

"你母亲生前常去教堂?"

"是的。但是他们经常互相憎恨。我母亲说,教堂对她构成了不正当竞争。"

"那你做得很对。"

八月的高压下,第二天的早晨平静而清澈。没有刮风的冰川似乎成了一个尘世之地。两个女人吃过早饭后,出门看着远处的山峰和登山的人。金发女人在旅舍周围徘徊,看着古老的小屋、青铜的门牌、冰川上的鸟类和悬挂着的经幡,仿佛在寻找她找不到的东西。当西尔维娅提着水桶和抹布从厕所出来时,金发女人的朋友正坐在长凳上晒太阳。

"你好。"灰白头发女人说。

"早上好。"西尔维娅回答。

"在这上面看到的风景真是令人难以置信。"

"的确如此。"

"是什么在下面发光?"

"他们和我说,那是诺瓦拉的一家工厂。它总是在早上这个时候闪闪发光。如果没有雾,更下面的地方,你能看到米兰。"

“米兰？”

西尔维娅放下水桶，指给她看。现在她知道什么会引起那些朝上看或者朝下看的人的关注。

“你看到那边下面的群山了吗？孤零零一座的是蒙维佐山，那边则是都灵。那条蓝线不是雾霾，而是利古里亚亚平宁山脉。背后是大海。”

“大海？”

“很奇怪，是吧？从这里想到大海？”

女人认真地看着西尔维娅，似乎直到现在才意识到自己正在同一个女孩说话。西尔维娅不是第一次碰见这种事情。你可以在餐桌旁为他们服务一整个晚上，他们却看不到你。你只是一个给他们送餐的女服务员。然而，有时候，一个词语、一个手势，他们就会突然对你另眼相看。

“你多大？”

“快二十八了。”

“在这里工作多长时间？”

“从六月开始。这是我在这里的第一个夏天。”

“你很勇敢。”

西尔维娅提起水桶，自嘲地笑了笑。是的，在一百二十名登山者用过厕所，尤其是大部分人拉完肚子后，打扫厕所的确需要很大的勇气。起初，她也觉得自己很勇敢，然而事实是，她对旅舍的生活知之甚少。

金发女人的到来结束了她们的谈话。她戴着一副墨镜，这对看冰川和哀悼都十分有用。西尔维娅准备离开，让她们俩单独相处，但金发女人拦住了她，说道："稍等一下。"

"怎么了？"

"我想知道那堆石头是什么。它们有什么含义吗？"

"可以说有，也可以说没有。"

"怎么说？"

"最高的那堆是一个在这儿工作的尼泊尔人搭的，那是一种佛坛，上面挂着经幡。"

"是用撕碎的布吗？"

"是的。但关键不在撕碎的布。对他们来说，那是随风散去的祈祷。"

"那小的石堆呢？"

“那些是路过的人堆起来的，我也不知道为什么。”

“他们这样做是为了……”

西尔维娅耸了耸肩，说道：“你知道，下午很漫长，也许是为了消磨时间。又或者为了证明自己也曾经来过这里。”

西尔维娅意识到自己开始像帕桑一样说话了。她真希望还能对这个女人说点好听的话，哪怕是个好听的词。但事实是西尔维娅不记得她的丈夫了。她尝试着记起那天晚上出现过的所有脸庞，但是第二天，总会有其他新面孔出现。而且事故发生得如此之快。这样的事故一直在发生，有些很离奇，以至于在迷雾中摔下山这样简单的事故不会被人记住太久。

“你是佛教徒吗？”灰白头发女人问。

“我不是。我只是有个佛教徒朋友。”

随后，西尔维娅说：“对不起，我要去工作了。”

晚一些的时候，西尔维娅看到那两个女人在外面堆砌起她们的石头。她们从石地上捡起石头，一块一块地摞起来。只有她们两个知道其中的含义。半个上午过去，一个近乎一米高的漂亮石堆出现了。石堆足够坚固，也许可以撑过冬天。在她们结账时，西尔维娅又见到了她们。杜福尔一分钱都不愿意收，但他接受了给工作人员的小费。十一点左右，向导到了，准备把她们带下山去。

30.
露营地

福斯托的父亲曾告诉他，随着一天中时间的变化，山间溪流会发出五种声音。现在是下午的第三种声音，非常强劲有力，然后慢慢减弱，变成第四种声音，日落时分，洪流平静下来，就好像上游关闭了一个水闸。在冰川脚下的凹地里，福斯托可以感受到秋天的临近。八月，树沼地里是一大片一大片开花的羊胡子草。静止的水池中，羊胡子草的茎干上挂着一簇簇的白色花朵，它们在三千米的风中摇曳着，就像一片棉花地。

在桶状金属屋里，福斯托点燃野营火炉，用奥皮内尔刀具切洋葱，把蘑菇泡在温水中。他从背包里取出大米、固体汤料、高山托马奶酪和一瓶内比奥洛葡萄酒。西尔维娅坐在上铺床上，一边看着福斯托，一边喝着酒。他们在那里做了约定，或者西尔维娅从常年冬天的塞拉旅舍下山，或者福斯托从短暂夏天的丰塔纳弗雷达上山，或者在这里相见。

“你不会厌倦烹饪吗？”

“不，相反，它让我很放松。”

“为什么，你平时很紧张吗？”

“紧张倒是说不上。就是有点担心。”

“因为工作的事情？”

“也有这个原因吧。也许是因为秋天的情绪。写作，还是不写，接下来的冬天该怎么办。”

“你说，芭贝特不会重新开张餐厅？”

“我觉得不会。”

“这段时间你写作了吗？”

“写了一点。”

“烹饪能让你和我在一起，还是说只关注洋葱和蘑菇？”

“洋葱、蘑菇和你。”

“好吧。你再给我倒点酒？”

吃晚饭时，外面的天色已暗。在最后的阳光中，羚羊从悬崖和山顶上下来喝水。它们远离露营地，比平时走了更远的路。它们也知道秋天的情绪：草失去了味道，随时都可能听到第一声枪响。秋天的人类会变得非常危险。

福斯托打开背包，拿出一个皱巴巴的包裹，说道：“生日快乐。还有，对不起，没有蝴蝶结。”

“天哪，大厨！出乎我的意料。”

“这样更好。”

“会是什么呢？”

“一束花。打开它，来吧。”

拆开包装纸，西尔维娅看到里面是黑色笔记本，她拿起其中一本写了字的。那本笔记本上的第一页写着标题：《丰塔纳弗雷达三十六景》。然后是献词：“献给我的极地女探险家，满怀爱意。福斯托。”接下来是手写的短篇章节，字迹试图写得清晰，让人能够看懂。西尔维娅翻看了几页，其中一篇讲述的是一棵被闪电击中的树，一篇是一场晚来的雪，一篇是一次树木的砍伐。等等。

“这都是你写的？”

“因为我不擅长画画。”

“你确定送给我？”

“当然是给你的，独一无二，仅此一份。”

“我不知道自己是否值得拥有。”

“那我值得一个吻吗？”

天知道为什么他们总是不得不在寒冷中亲吻。露营地又小又不舒服，但它在漫长的生命中肯定见过其他的情侣。有些人的皮肤被晒伤，双腿疲惫，蓬头垢面，衣衫褴褛，身上散发着浓重的气味，那是露营地和山中旅舍的恋人。凹地里，夜幕降临，气温下降了好几度。只有岩石还散发出之前从太阳那儿吸收到的热量，在夜晚的空气中变得温暖。

“那个被风刮走的露营地，故事的结局是什么？”西尔维娅问。

“我来讲给你听。之前，有一个像这样的小露营地。有一个人在秋天离开的时候忘记关门，春天到了，露营地就只剩下混凝土地基了。这就是我的故事。”

“这不是真的吧？”

“你在秋天要做什么？”

“十月，我会去收苹果。”

“哦，是呢，是收苹果的季节。”

“然后，我就不知道了。我二十八岁了，也该决定自己的人生该如何度过。”

“如果我们找一个小地方，共同经营，就你和我，你会喜欢吗？”

“开家旅舍？”

“我也考虑过一段时间。”

“你继续说。”

“我在厨房做饭，你在柜台工作。两个人一起工作的小地方。”

“厨师和服务员？”

“为什么不呢？”

“你太浪漫了。”

他们是露营地里的一对恋人。他是过分浪漫的男人，她则必须决定人生该做什么。他们在一个连床都称不上的吊床上，在一个受恶劣天气摆布的棚屋里，谈论着各自的看法。尽管如此，福斯托确实已经考虑了一段时间。他小心翼翼地提出自己的想法。现在他已经同西尔维娅谈论他所知道的空置的旅舍、关闭多年的旅舍、人迹罕至的旅舍和低海拔地区的旅舍。他们可以入股，重新把旅舍开起来。他们已经学会了谋生，不是吗？这可能不算是求婚，但也不远了。

西尔维娅靠在福斯托身上，在一个几乎盖不住他们俩的睡袋里听他讲话。福斯托又跑到她前面去了。就像在冰川上，为自己系上安全带后，头也不回地前行。但是那晚实在太完美了，西尔维娅不忍心破坏美好的气氛。她想象着自己正在听一个童话故事，或者福斯托笔下一个典型的男人和女人的故事。最后，她在故事结束前进入了梦乡。

31.
雪崩屏障

昨夜下了一场大雨。早上，桑托索在阳台上的玻璃杯中发现了一只淹死的苍蝇，玻璃杯中的水足足有两根手指那么高。他一边喝着女儿为他准备的淡咖啡，一边看向远处的田野：麦秸色的草，雾气消散后清澈的天空。“光线在变化，”桑托索想，“是收拾木柴的时候了。”然后，他听到了浴室门打开的声音，卡特琳娜从浴室出来，穿着白色衬衫、黑色裤子，胸前口袋上别着酒店徽章，梳着一个无可挑剔的发髻。

“星期天也要工作吗？”桑托索问。

“星期天，星期一，有什么区别。你今天有什么安排？”

“我想磨一下电锯头。”

“今天不去打猎？”

“他们会强迫你把头发梳成那样吗？你的头发那么漂亮，让它们自由一点。”

“你应该说披散下来。我走了。”

“再见，宝贝。”

桑托索看着卡特琳娜上车，启动汽车，目送她消失在第一个拐角。卡特琳娜靠右慢慢地开着，朝带有泳池的工作酒店驶去。那个女孩像谁呢？之后，桑托索拿起背包和望远镜也出门了。他踏上几天前伐木工人下山的小径。工地已经拆除，树林显得明亮：落叶松树下，是按照品质分类的成堆的树干和树枝。经过雨夜的洗礼，它们在清晨的阳光下冒着蒸汽。桑托索经过了大片的刨花地和福斯托做饭后的发黑石头。然后，他在农场遇到了一辆大篷货车。车中的牧场主停下车，把胳膊肘伸出窗外，问桑托索：“你是要去瓦尔内拉吗？”

“如果我可以的话。”

“你能帮我看看小公牛在哪儿吗？”

“你在上面养着小公牛？”

“有二十二头。我可不希望它们被风暴吓坏。”

“这倒是。”

“既然你都到这儿了，能帮我弄只鸡来当午餐吗？”

“滚蛋吧你。”

在树林上方，桑托索发现溪流变细了，底部满是石头和沙砾，这让小草看起来更加绿意盎然。桑托索还是不习惯疾病迫使他采取的新步伐。那是他这一生都无法容忍的步伐，如果加快脚步，很快就会喘不上气。有几次他对自己说：“听着，算了吧，还是回家磨电锯吧。”但他还是坚持了下来。一个小时里，他什么也没做，只是盯着脚下的小路。当看到草丛里枯萎的龙胆花时，他意识到自己已经走得足够高了。桑托索想：“这样慢慢走，我甚至可能走到玛格丽特木屋。他们会说，看看那个小老头，他上来了，他走得好慢，像割草机一样慢，但是还有一点电。”

瓦尔内拉上方，桑托索听到了土拨鼠的哨声。在溪流汇集的地方，形成了一个池塘，桑托索发现那个鲁莽牧场主的小公牛们正在那儿饮水。其实它们是小母牛，确切地说，是不产奶的一两岁的小母牛。整个八月和九月，它们都会在高山牧场，处于一种半野生放养的状态。刚开始，它们会很胆小，对任何动静都很警觉。一个月后，你会发现它们变得非常狂野，横冲直撞，很难被驯服。桑托索数了数，总共有十三头。这些小母牛一定是在暴风雨中走散了。他穿过青草稀疏的牧场，山谷尽头是一个山坡。在另一边，道路显得十分陡峭。就是在那里，几年前，人们竖了这些雪崩屏障，因为下面的房屋曾饱受雪崩折磨。雪崩屏障看起来就像打开来倒置着的雨伞。那也是他出事的地方，但重新回来，桑托索内心没有任何波澜。对他而言，那就像从家里的楼梯上摔下来一样平常。

桑托索找到丢失滑雪板的地方，并开始寻找：其中一块在石头堆上，海豹皮已经破烂不堪，但整块滑雪板完好无缺，绑带也很好。另一块掉了下去，它一定在下面。桑托索从另一边探出头，往下看。

“虚假的上帝。”他大声地说道。

九头小母牛在那里，或者更确切地说，它们是被乌鸦群包围着的一堆腐肉。有些嵌在雪崩屏障中，后腿到腹部被撕裂开。它们是被吃了一半的饭菜：最好的部位已经被吃光，剩下的就留给那些聚集在它们鼻子上、敞开的肚子上的鸟类。死去的小母牛仍然戴着项圈和铃铛，耳边打着记号。有些牛腿僵硬地停在空中，有些伸出舌头。即使死后，它们仍然保持着尴尬的姿态。奶牛不应该出现在那个不合时宜的地方，那里更适合羚羊和野山羊。现在也适合狼群。

“小狼群。”桑托索想。年轻的狼会为了好玩而展开猎杀，老年狼只会出于饥饿而捕食。造成眼前场景的肯定不是一个孤独的猎人，它们是一群小狼，有条不紊地分开母牛、将它们逼上斜坡、然后推下悬崖。狼群追逐着小母牛，咬住它们的腹部、后腿和胸部，同那些不知道如何自卫或逃跑的、生活在野外的家畜玩起了轻松的游戏。年轻狼群一定玩得很嗨，大吃大喝，最后到别处去消化肚中的美食。

清理干净那个屠杀现场应该需要直升机花费不少时间，但桑托索并不着急打电话给森林护卫队。当他们从自己的手中夺走猎枪时，他们不是笑得很开心吗？好吧，这些坏人。现在，桑托索看到了第二块滑雪板，就在下面，位于其中一块腐肉边上，雪崩屏障挡住了它。桑托索一边紧紧抓住簇簇坚硬的草，一边慢慢往下爬，顺着之前石头击中他的那条裂缝。桑托索相信自己的双手；双手也没有辜负他。乌鸦在他周围扑棱棱地飞起来，抗议他的入侵。

32.
采摘苹果

除了果园和葡萄园，当西尔维娅透过火车的窗户看到工厂的围墙时，就知道自己到家了。那是一堵黄色的、表面剥落的斑驳的墙，祖父在这堵墙后工作了一辈子，父亲一直干到生产线转移到国外后才离开。工厂关闭后，有人用喷漆在墙上写着：“再见，福蒂尼，但请等着我。”可能这并不是写给工厂的，而是写给某个登上火车的爱人的。从那以后，西尔维娅感到每次回家都受到了欢迎。她摘下耳机，正在播放的歌曲戛然而止。

“我到了。”她对着身边的男生说。

“那么，再见。”

“谢谢你的音乐。”

“不客气。”

西尔维娅从行李架上取下背包，穿过通道，在学生和通勤者中间下车。她被九月夜晚的甜美所打动。她看到有人穿着凉鞋和肩带，而就在几个小时前她还在雪中。她本想步行离开冰川，慢慢同它告别，但那天早上，直升机正要把垃圾运下山，杜福尔没有同人商量的时间，他正忙着处理季末的各种事情。突然，他指了指西尔维娅和阿里安娜说："下一趟，你们两个下山。"十分钟后，西尔维娅发现自己已经在缆车的停车场里。忽然之间没有了冰川，她感到自己仿佛被骗下了山。她和阿里安娜交换了手机号码，并许诺春天一起去旅行。

一个极地女探险家，在出了车站后，每到一个路口，都不得不对自己说："小心，那是红绿灯。这是红色的，你看不出来吗？那些是人行道。"现在，她的塞拉旅舍被装进了背包，她最好的朋友是靴子里的双脚。这双脚在那里学会了一门技艺，由脚趾、脚后跟、脚踝和足弓组成。脚在岩石和冰面上是出色的平衡艺术家，而现在又回到沥青路面上，成为了效率极低的出行方式。这是居民区，这是广场上的两个酒吧，这是非法贩卖商的长椅，这是喝白葡萄酒和金巴利酒的失业者，这是她曾为了让社区变得更好而奋斗过一段时间的青年中心。随着换届，青年中心被交到其他人手中，现在人们在里面看足球联赛。冰川上的花朵在哪里？然而，这里肯定也有光。

“帕桑，你秋天要做什么？”

“我回尼泊尔，正好是那儿徒步旅行的季节，然后在家和家人待上一段时间。你呢？”

“是的，我想我也会在家待上一段时间。”

西尔维娅回来了，因为她觉得自己已经准备好了，在经历了一次对她来说似乎很漫长的逃跑之后。她会对福斯托这样说：在继续前进之前，她必须先回去，否则她永远是个只会逃跑的人。现在，这里是房屋、阳台、公寓庭院，小时候禁止上去的通往车库的坡道，没有轮子的自行车架和一直散发着臭味的垃圾袋。极地女探险家用泪光闪闪的双眼重新发现了她的童年，而她也惊喜地发现，她的童年也再次找到了她。

“小西尔维娅！”一位正在一楼晾衣服的女士喊道。

“你好，梅丽娜。”

“好久没见到你了，你回来了？”

“是的，回来一段时间了。”

“你去哪里了，怎么背着那么一个背包？”

“我从山上回来。”

“山上很冷吧。”

“是的，非常冷。”

“记得代我向你爸爸问个好。”

“当然。”

西尔维娅选择走楼梯，而不是电梯，六楼的公寓是那一年她的最后一次登顶。六楼，一百二十级台阶，垂直高度十七米。她的双腿已经很强壮了，如果不加训练，那就太可惜了。极地女探险家来到现在是父亲家的门前。在那里，她想起了费利克山，仿佛被剑砍过一般的山顶和往下延伸的冰川。福斯托说：“如果可以的话，你现在就试着区分一下罗纳河的雪和波河的雪。”她希望那段记忆能带给她需要的勇气。然后，她按下门铃，把头发塞到耳后，对着窥视孔微笑，就像在自助证件照相亭里的小女孩一样。

33.
马铃薯地

一旦要做决定，福斯托就会失眠。他听着敲打在屋顶上的小雨，闭上眼睛，也许睡着了一会儿。但他显然已经厌倦了辗转反侧，于是起身，往炉子里加满干树枝。屋外，淅沥的雨滴落下，云层包裹住了树林，厨房里布满低压产生的雾气。半个小时过后，他回到窗边，看到云层散去，下雪了。是的，下雪了。雪下在海拔两千米以上的地方，是九月的雪，它们很快会在阳光下融化，这就是九月的雪。他努力回忆着春天的最后一场雪，前后相隔不过短短三个月。就像桑托索曾经告诉他的那样：三个月的寒冷，九个月的冰冻。福斯托想，远足的时候已经过去，现在到了火炉、智慧和计划过冬的时候了。所以他决定去山下的分支银行。

三村的银行里，只有一名员工，每周开放两次柜台。银行工作人员很随和，也很有耐心，把所有关于短期贷款的信息都告诉了福斯托，还问了他一些关于收入、财产、可以提供的担保等问题。福斯托没有任何担保。银行柜员检查了他的资金周转情况，在电脑屏幕前扬了扬眉毛，然后在账上记下了分期付款和利息的信息，让他去复印身份证。福斯托对写在身份证上职业一栏中的“作家”感到羞耻。对于银行来说，“厨师”职业会好得多。最后，没有花费太多精力，福斯托借到了五年内需要还清的一万五千欧元，加上账户上的存款，总共是两万七千欧元。他会再次负债，但这次是为了创业，而且是在有能力的情况下。福斯托离开银行时比进去时还要开心。依旧是作家的他一看到自己有钱，或者说看到赚钱的可能性，就有欲望想要花掉。于是他来到五金店，想买个礼物犒劳自己。他选了一把白蜡木手柄、厚重刀片的新斧头。回到丰塔纳弗雷达时，还不到十一点。云朵如同散了线的破布一样，稀稀拉拉地升起，在上面，被雨打湿的树林另一边，露出被白雪覆盖的一小截牧场。

杰玛正在马铃薯地里检查农作物的生长情况。福斯托在路边坐下，说："你好，杰玛。"

"早上好。"

"你喜欢雪吗？"

"我不喜欢。我见过太多了。"

"但它很有用，对吗？"

"十二月的时候有用。九月的雪惹人烦。"

"高山牧场上的奶牛怎么办？"

"下雪的时候它们不会出去。今天它们吃干草。"

"我之前还不知道。"

福斯托本想问她："杰玛，你觉得我借贷一万五千欧元来接管一家亏损的餐厅，是个好主意吗？如果我来做饭，就可以少请一个员工，我再稍微提高点菜的价格，你看可以吗？另外，他们能在工人餐单上为我多付一欧元吗？"

但他最终说出口的是："你觉得乳汁松糕怎么样？"用的是当地语言。

"你会说方言？"

"两三个词。"

“一个会说方言的作家。”

“你知道我是谁。”

杰玛没有回答，她垂下眼帘，抚摸着一株马铃薯的叶子，仿佛在为它擦去雨水。为了让她摆脱尴尬，福斯托说：“你有木头吗？你看我买了一把好看的斧头。”

“真好看。”

“如果你愿意的话，我给你带两车木材过来。”

“我有，我有。”

这应该不是真的，或者说不完全是真的，因为那天早上，杰玛的烟囱没有冒烟。像这样在不烧炉子度过一天，肯定另有隐情。福斯托决定，无论如何都要把木头带给她。然后，他起身去把玩新斧头。

34.
热情的回归

“所以，你错过了夏天。”到达小高原时，芭贝特对自己说。丰塔纳弗雷达的夏天不是夏天，更像是一个春天，在到达高潮后慢慢退去变成秋天。“你知道它什么时候到来。”因为溪流提供水源的积雪消失了，草场上的青草立刻变黄。芭贝特热忱地等待了三十五年，却依然错过了六月的花季：没有风铃草、蒲公英、勿忘我和欧蓍草，只剩下收割施肥后的农田和河边柳叶菜干枯的花茎。她打开餐厅的大门，发现它和冬天离开时的样子一模一样：甚至是水槽里的杯子，柜台旁挂着的最后一份订单，还有她总是不断去纠正的熟悉的混乱。芭贝特总能克服杂乱无章，她的天性就是把四处散落的东西变成有用的、可以陪伴她的物品。她将两把钥匙和装有合同的信封放在桌上，打开电灯、收音机、咖啡机，餐厅又恢复了生机。她装上一壶水，出去给露台上可怜的植物浇水，希望奇迹能够发生在它们身上。六个月来，没有人想过要给它们浇点水。在为玫瑰花和羽扇豆浇水时，芭贝特观察起关着门的房子、随风摆动的缆车车厢、高山牧场上烟囱中飘起的烟雾和地平线上积着雪的山脊。芭贝特想起她的卡伦·布里克森，这一次不是《芭贝特的盛宴》，而是《走出非洲》。布里克森在《走出非洲》中写道："现在我知道一首非洲之歌，它歌唱长颈鹿、歌唱一弯斜倚的新月，歌唱田野里的犁铧和咖啡采摘工挂满汗珠的脸，非洲又是否记得关于我的歌？"丰塔纳弗雷达镇又是否会记得关于芭贝特的歌呢？

不到一刻钟，桑托索就注意到了芭贝特的归来。他跛着脚走上楼梯，来到露台上，说道："餐厅开业了？"

"还没有。"

"喝杯咖啡都不行？"

"我给你做。但是吧台还没有营业。"

"那我坐在这里？"

"为什么不，难道你想进来？"

"不，不，外面也不错。"

"坐吧。咖啡机正在预热。需要点耐心。"

"我不着急。"

桑托索在一张塑料桌子旁坐下，紧挨着一把合上的遮阳伞。当芭贝特回到餐厅时，桑托索忍不住看了看她的臀部。三十五年前，当芭贝特扭腰抖臀从山上跑下来时，整个山谷都兴奋不已。桑托索发现，这个臀部在冬天的时候更加结实。透过窗户往里看，桑托索注意到芭贝特的脸松弛了很多。雀斑重新出现在她的皮肤上。他有多久没有见过这些雀斑了，也许是从高山牧场的夏天开始？白皮肤、红头发的芭贝特每次去牧场都会被晒伤。最近几个月，桑托索经常在想她是不是在度假的地方找到了新的伴侣。现在他看着她洗杯子，试图寻找她恋爱了的痕迹。"我们来看一看，老警察，你是否还能认出恋爱中的女人。"芭贝特打开水，然后忘得一干二净，在纸上记下什么，冲了一杯咖啡，用来清洗咖啡机，然后看着水龙头，好像水龙头是别人打开的。桑托索依然对芭贝特恋爱了存疑。

比起爱情，他更了解白山鹑和白鼬。最后，芭贝特端着两杯咖啡、一杯水和一瓶白兰地走了出来。她把托盘放在桌上，在桑托索对面坐下。

“你好，路易吉。”

“你好，贝塔。”

“听说你过得不好。”

“他们告诉你了？”

“是的。现在怎么样？”

“慢慢来。”

“慢慢变好？”

“是的。”

桑托索张开双手，又握成拳头。他没有给芭贝特看弯曲的两个手指。芭贝特在咖啡里加了糖，桑托索则倒了一杯白兰地。两人仿佛又回到了从前：他们是淡季时节坐在山间餐厅户外餐桌旁的一对老夫妻。桑托索想找一些讨喜的话题，于是说：“你想念干草吗？”

“干草？我已经十年没有弄过干草了。”

“十年？时间过得真快。”

“干草怎么了？”

“很糟。到处都是鸡冠花。如果在播种之前不剪掉它们，第二年会更糟糕。”

“因为这个原因，所以你提前都剪掉了？”

“是的，但是如果只有我剪掉的话，也没有用。”

“为什么？”

“种子会飞。”

“我明白了。你说服他们早点去处理干草。”

“是这样的。”

芭贝特在喝咖啡前喝了水。“她是在哪里养成这种习惯的？”桑托索想知道原因，“在希腊，在西班牙？哪个地方的人会有一边喝水一边喝咖啡的习惯？”桑托索喝完了杯中的酒，然后又倒了一手指高的白兰地来清洗杯子。芭贝特注意到他没有拿出烟来。他戒烟了？那么他还并不是个完完全全的疯子。

桑托索说：“你知道狼回来了吗？”

“所以是真的？”

“是真的，而且有很多。”

“好吧，如果狼群占领了这个地方，你不同意吗？反正也没有什么人了。”

“你真的要把餐厅出让给别人？”

“不是出让餐厅，只是把它交给其他人管理。”

“给福斯？”

“你什么都知道了。”

“那你打算做什么？”

“我打算开一家花店。”

桑托索看着她。他在雀斑下看到了熟悉的红晕。多年前，他娶了一个不会说谎的女孩。“你撒谎。”他说。芭贝特“扑哧”一声笑了出来。“天哪，”桑托索想，“她笑起来的模样，和十七岁时一样。”桑托索正要说“我可以吻你吗”，芭贝特站了起来，留给他的只有杯子和瓶子，然后回到了她的餐厅，在把它交给别人之前，芭贝特准备再整理一下。

35.
木材拍卖

十月的树林里，长满了黄色的黄金菇和红色的毒蝇伞。曾让人沉醉的夏日气息，如今只剩下蘑菇、苔藓和干草的味道。成堆的原木经过测量和编号，每堆五立方米，编号都标在最大的原木上。它们从一号到两百多号，但在拍卖会上的早晨，只有六个人出现，其中一个就是饲养牛被狼咬伤的牧场主。他正在和护林员就如何保证正确的工作流程展开讨论。

“如果它们攻击我，你给我解释一下我为什么不能攻击它们？”

“它们不会攻击你。它们攻击牲畜。”

“一样的。”

“这是不一样的。总之这件事不是我能决定的。它们是保护动物。你去拿赔偿金，这件事就到此为止。”

“赔偿金！那我要拿着赔偿金去喝杯咖啡。”

“去吧，去吧，问题不在狼身上。”

九点钟，市政工作人员决定开始拍卖。她从一号木材开始，但没有售出。二号和三号木材也没有被拍下。最开始的起拍价是每堆一百欧元。市政人员问：“有人出价买四号吗？”但在前三十号或四十号的木材中，掺杂着一些没人想要的苏格兰松。它们弯曲多脂，表面结了硬壳。有那么多丰富的木材，大家自然钟情于更好燃烧的落叶松。因此，工作人员不得不经历了一个没人叫价竞拍的漫长阶段。

对于福斯托而言，这有点像在追溯夏天的日子。如今，人们穿着厚重的夹克走动，很难相信这上面曾经那么热。那时的七月是炎热而轻盈的：户外的篝火，沾满树脂的双手，在土豆皮之间翻找食物的狐狸，头发上满是锯屑的伐木工人。“你好，大厨。”然后在七月，他跑去西尔维娅所在的塞拉旅舍。市政工作人员的提问变得冗长而又单调：“有人要价四十二号吗？有人要价四十三号吗？”工作了整个夏天所收获的木材，此刻甚至连每立方米二十欧元都不值。

“那你给它取什么名字，”桑托索问，“福斯？”

“我不改名字。还是叫芭贝特餐厅。”

“就算没有芭贝特？”

“我将变成芭贝特。”

“你的女朋友会和你一起工作吗？”

福斯托踢了一脚地上的蘑菇，当地的人采摘蘑菇并把它们倒置放着，福斯托从来不明白为什么要这样做。几天前，他同西尔维娅通了电话，但结果出乎他的意料。

“好吧，如果你喜欢的话。”

“为什么，你不喜欢？”

“你要去理解别人的想法。”

“你和谁说过你的想法？”

现在，拍卖的木材到了农场道路附近，山里人的欲望在那里被唤醒。“有人要价五十七号吗？”“我。”有个人说。“还有人要加价吗？”没有人回应。这其实不是真正的拍卖，因为人们互相已经达成协议，每个人都有权在拖拉机最方便到达的地方以起始价格购买五堆木柴。桑托索买了海拔更高一些的木头，那些落叶松的年轮更少，木头又红又硬。福斯托要了一百零八号，因为他喜欢这个数字。

桑托索看到他脸上的忧郁，问道："你只要一堆？"

"是的。"

"再来四堆，打起精神来。"

"我该怎么做？"

"砍好、劈好的木柴我们卖得很好。我会帮你。这样在冬天之前我们还能一起干点活。"

"这可是你说的。"

于是，福斯托要了五个号，从一百零八号到一百十二号。想到自己拥有这些树时，他产生了一种奇怪的感觉，即使它们不再是树，只是一堆干木头。工作人员给了他一张纸条，让他去镇上付钱。然后，拍卖会宣布结束。还有一百七十多堆木材没有被卖出去，一些大公司会在春季以打包价带走。

36.
落叶松

“我不知道自己是否还想再过一个给滑雪者当女服务员的冬天。”西尔维娅说，“你之前不是这么同我说的。”

“为了找点事情做。”福斯托说。

“如果只是为了找点事情做，那我已经回到小区附近的酒吧给人开桶倒啤酒了。”

“那不是丰塔纳弗雷达。”

“但是你看，在丰塔纳弗雷达，我一无所有。”

“你还有我？”

西尔维娅没有回答。在平原生活了一个月后，她的声音仿佛从很遥远的地方传来。有时候，福斯托也有这样的体验，当你住在那里时，你会以一种方式想念群山；当你离开时，你又会以另一种方式思念它。

如果从远处看，现实会淡化成这样的形象：森林、房屋、田野、溪流、动物和人变成了一个三角形，山顶有雪，那是北斋画中地平线上的富士山。

“我想和父亲待一段时间。”西尔维娅说。

“当然，我很理解。”

“那里现在怎么样了？”

“现在很安静。你知道秋天到来时，什么最让人难过吗？那就是再也听不到牛铃的声音了。”

“人们在十月的丰塔纳弗雷达做什么？”

“他们砍柴。他们希望喷泉的水不要用完。他们采挖马铃薯。前几天我还帮杰玛挖马铃薯，我们挖了两百公斤。”

“谁是杰玛？”

“我的老邻居，你不记得了吗？”

“不记得了。”

就这样，有关丰塔纳弗雷达的现实对她而言很快消失了。他们又谈起了餐厅、打算聘用的员工和开业的日期。西尔维娅最后决定，她会再考虑几天。

“我可以在圣诞节假期过来两个星期。不一定会待满整个冬天。我过来帮你搭把手。”

“当然。”

“你没生气？”

“没有，没有。”

“今晚你准备做什么好吃的？”

“我不喜欢为自己做饭。也许两个鸡蛋。”

“我爱你，大厨。”

“我也爱你。”

放下电话没多久，福斯托站在阳台上，立即想念起她的声音。他看着树林，发现落叶松的最外层树枝开始变黄。它们是丰塔纳弗雷达的树，是阳光照耀下、风儿吹拂过的树，是长在正午山坡上的树。它们不喜欢霜冻，一感到寒冷就开始冬眠。冷杉则无动于衷，依旧保持着它们的银针，在换季时节也不浪费任何能量：两种树靠得很近，它们采取两种不同的策略来应对冬天。现在，受伤的落叶松先开始枯萎，它们有的被雷击中，有的被石块碾压，有的被挖开过断了根。但过不了几天，整片树林都会变成黄色和红色，进入长长的睡眠期，而深绿色的冷杉依旧保持着原来的样子，在一旁看守着。

福斯托在某处读到过，不同于动物，树木并不能通过迁移至别处来获得快乐。一棵树，从种子落下的地方起，为了获得快乐，它必须始终扎根在那个地方。不管它是否能够存活下去，它就在种子落下的地方解决所有的问题，如果不行，它就死去。食草动物的快乐，则在于追逐草。在丰塔纳弗雷达，这是显而易见的事实：食草动物三月在山谷，五月在海拔千米的草场，八月在海拔两千米左右的高山牧场，然后为了秋天的小确幸，它们得再次下山，等待着下一次花开。狼遵循了一种不太容易理解的本能。桑托索告诉福斯托，没有人知道狼不停迁徙的确切原因、它们不安的根源。狼来到一个山谷，然后，也许是发现了丰富的野禽，也许是有些东西阻碍了它得到满足，在某一个时刻，狼会把所有美好的东西都留在那里，离开，去别的地方寻找快乐。它们穿过新的树林，越过下一个山脊，跟在母狼的身后，追随狼群的叫声，或者一些并不那么明显的事物。“高唱一首年轻世界的歌。”就像杰克·伦敦写的那样。

福斯托不是那种自怨自艾之人。他告诉自己，也许西尔维娅会在圣诞节过来，也许一些周六和周日也会来帮他一把。如果他们愿意，他们可以找到前进的道路。十月的阳光照在他身上，很温暖。“别错失美景，”福斯托告诉自己，“别错失美景。”于是，他穿上靴子，去山上兜风。

丰塔纳弗雷达的梦

那天晚上，正如落叶松提前预示的那样，丰塔纳弗雷达的喷泉结成了冰。天空澄澈，繁星点点，地上的湿气凝结成了霜。太阳一落山，杰玛就上床睡觉了。黑夜的时间越长，被窝下的时间就越长。对杰玛来说，这是做梦的季节。现实让她困惑，但入睡后，过去清晰可见。那天晚上，她梦见自己还是个孩子，梦见在战争中圈养的小牛，梦见士兵把它从她身边带走。驻扎在乡村学校的士兵射杀了小牛，宰杀了它，庆祝了整整一夜。杰玛又听到了枪声，看到了雪中的血迹，她被妈妈抱在怀里，泪流满面，一个八十岁的老人，重新回到了七岁的光阴。

芭贝特梦见了她南方的情人，在一个准备好行李箱的房间里。那是一个既存在又不存在的男人，一半真实，一半虚构，但他知道该怎么做。他的吻是粗鲁的，双手是甜蜜的。芭贝特感到自由，她可以随心所欲地提出要求，做任何她想做的事情。而且在梦里，性爱让她开心，让他们开怀大笑。但梦还没结束时，芭贝特就醒了过来，为什么那些梦总是在最美妙的时刻到来前就结束了？她试图再次入睡，并以某种方式成功了，尽管不再是之前的梦境。

桑托索在杜松子酒中入睡，冷汗淋漓，肠子扭曲。他梦见了一头从未见过的狼。他在山上，追着公鸡，和同他出发的狗一起。然后他发现了面前雪地里的狼。狼静静地坐着，盯着他看。桑托索做出转枪的姿势，他把枪扛在肩上，准备马上射击，但他的双手触碰到的只是空气。然后他记起自己的枪已经被护卫队的人收走。他看着狼，狼看着他，就像看一个年老昏聩的人。桑托索说：“该死的，你不怕我吗？我要用你做一顶皮帽！滚开！滚开！滚回你来的地方！”

西尔维娅在郊区的六楼梦到了山中旅舍、冰川和通往费利克山的斜坡。她的前面没有向导。没有福斯托和帕桑。那是没有人走过的路，但她知道前行的路。她独自一人走在斜坡上，双腿强壮有力，在冰冻了的雪地上扎下冰爪，用破冰斧开路。她已经十分接近那座失落的城市。

福斯托在那天晚上梦见了一个老人，那个“画狂老人”。他可能已经九十多岁了，或者更老一点。他在竹子做的地板上作画，四周是纸糊成的墙。福斯托可以从外面看到那个老人，但他同时也是那个老人。他太老了，三四笔足以画出心中所想。“三笔或者四笔，却不是一笔。当我有能力一笔画出富士山和所有我想画的东西时，”他告诉自己，“我就足够好了。”他的身边有一个女儿，或者说年轻得像女儿一样的妻子。她收起他画好的画，又递给他一张新的白纸，深情而严肃。“再试一次。”她没有多说其他的话。她有一头漂亮的日式长发，黑色、柔顺、有光泽，刚刚洗过。

这些梦是丰塔纳弗雷达风景中的一部分，就像被风摧毁的树林，未售出的成堆木材，秋天干涸的溪流，在尚未被雪覆盖的滑雪场上吃草的狍子，夜色中的房屋，干枯的蓝莓，开始变黄的落叶松树，牧场主养的游荡着的狗，喷泉池中结成的薄薄的冰。丰塔纳弗雷达是由相同的现实和愿望创造出来的，在它的周围，群山独立地存在着。对于这些人类的梦，群山完全无动于衷。当人们醒来时，群山依然独立地存在着。